본드걸
미미양의
모험

오현종 장편소설

본드걸 미미양의 모험

문학동네

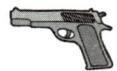

연둣빛 들판 위에서는 양떼가 풀을 뜯어먹고 있었습니다. 기구
(氣球)는 천천히 아래로 아래로 내려가고 있었지요. 선글라스를
벗고 고개를 들어 하늘을 올려다보았습니다. 잿빛 렌즈에 가려져
있던 세상이 좀더 맑고 선명한 빛깔로 눈에 들어왔습니다. 추락해
버린 악당들의 경비행기는 하늘에 긋던 긴 꼬리조차 감추어버리
고, 양털처럼 뭉쳐진 뭉게구름만 '천공의 성' 같이 느리게 움직이
고 있었지요. 나는 그제야 비로소 눈을 뜬 기분이었습니다.

만약 이곳이 뉴질랜드가 아니라면, 그리고 내 옆에 007이 없다
면, 나는 아마 내가 조금 길고 만화 같은 꿈을 꾸고 있는 거라 믿
었을 겁니다. 때때로 꿈을 꾸면서 아, 나는 지금 꿈을 꾸고 있어,
하고 느끼는 순간이 있잖아요. 바로 그런 자각몽일 거라 생각했을

겁니다. 그러나 나는 오렌지색 열기구에 007과 함께 타고 있고, 기구는 양떼들을 향해 하강하고 있으니……

그러니 이게 꿈일 수는 없겠지요.

"악당들이 정말 죽은 건가요?"

나는 나른한 오후의 풀밭을 내려다보고 있는 007에게 물었습니다. 악당들이 타고 있던 경비행기가 폭발을 일으키는 광경을 보았는데도 마음이 놓이지 않았거든요. 공포영화를 보면 죽은 줄 알았던 악당이 도로 살아나 주인공의 뒤통수를 내리치곤 하잖아요. 가장 흔한 예는, 엎어져 있다 벌떡 일어나 괴성을 지르며 달려드는 연쇄살인마이지요. 그들은 주로 머리에 새빨간 피를 묻히고 있어요.

"걱정 마. 누구도 007을 당해낼 순 없어. 결말은 늘 해피엔딩이지."

그래요. 스파이영화는 언제나 해피엔딩이죠. 두뇌게임 끝에 수사망을 벗어나는 범죄자가 등장하는 미스터리물이나 여주인공이 불치병에 걸려 죽는 최루성 멜로영화와는 달라요.

"우리들은 풀려났고, 악당들은 처치됐고, 기구가 땅에 닿으면 모든 게 끝나는 건가요?"

"아냐, 미미. 우린 지금부터 사랑을 시작하는 거야."

"그 다음엔 서울로 돌아가겠죠?"

"응, 서울행 비행기 안에서 와인잔을 부딪치는 거지."

007은 말을 마치자마자 내 귓바퀴에 입을 맞추었습니다. 그는 이렇게 속삭였지요.

"기구가 땅에 닿기 전까지 아직 시간이 있어. 물론 충분하지는 않지만."

007이 미소를 짓자 쓸데없는 걱정 따위는 깨끗하게 지워졌습니다. BMW를 타고 자동소총을 쏘면서 우리를 쫓아오던 털보와, 팔에 금속 링 수십 개를 꿰고 007과 격투를 벌이던 노파의 얼굴도 머릿속에서 잠시 잊혀졌지요. 나는 007의 팔에 안겨 기구 바닥에 드러누웠습니다. 기구가 땅에 늦게 닿길 바라면서요.

007은 두터운 방탄조끼를 입은 채 성급하게 내 몸 안으로 들어왔습니다. 나는 그가 내 안으로 발을 깊이 들여놓을 때마다 양 한 마리, 양 두 마리, 양 세 마리, 양 네 마리…… 하고 양의 숫자를 세었고요. 양을 서른 마리 넘게 세었을 때 나는 셈하던 것을 잊어버렸습니다. 그 대신 조금 전 007이 해주었던 말이 흐트러진 머리맡을 스치고 지나갔지요. 도망치는 양떼를 쫓는 양치기 소년의 외침처럼요.

미미, 우린 지금부터 사랑을 시작하는 거야.

　서울에 도착한 007과 나는 다시 가방을 꾸려 여행지로 떠났습니다. 007은 넓은 바다와 섬이 내다보이는 콘도에 도착하자 텔레비전 전원부터 켰지요.

　"오, 축구가 언제부터 시작한 거지?"

　007은 딱딱한 마룻바닥에 앉아 막 시작한 축구경기를 시청했습니다. 나는 차에 싣고 온 음료수와 맥주 등속을 냉장고에 챙겨 넣었고, 찬장에 들어 있던 식기류도 한 번씩 헹구었지요. 집에서는 찬장의 그릇이 다 떨어져야 설거지를 하지만 007 앞에서는 바지런한 살림꾼 아내가 될 자질을 보여주고 싶었거든요.

　"007, 저기 밖에 내다보이는 섬이 오륙도인가요?"

　"몰라. 아이 씨, 왜 자꾸 롱패스야. 저놈의 뻥 축구."

나는 당장 사이다빛 바다에 몸을 던지고 싶어 발바닥이 근지러 웠습니다. 나는 007 옆에서 노란색 비키니 수영복을 들었다 놓았다 했습니다만, 007이 응원하는 팀이 아직 골을 넣지 못했기 때문에 그는 내 수영복을 바라봐줄 여유가 없었답니다. 스파이에게 승부욕은 필수겠지요. 나는 경기가 끝나길 기다리고 기다리면서 냉장고에 차게 넣어둔 사이다를 꺼내 꼴깍꼴깍 들이켰습니다.

경기는 1-0의 스코어로 끝났습니다. 007은 그제야 밖으로 나가자고 했지요. 그러나 그때는 이미 밤이 깊어서 모래밭으로 달려나갈 수가 없었어요. 사이다 1.5리터를 삼킨 내 배가 볼록 튀어나와서 비키니 수영복을 입기도 곤란했어요.

나는 무척 속이 상했으나 007이 응원한 팀이 패배했기에 화를 낼 수 없었습니다. 게다가 여행경비를 전부 그가 지불하기로 했으니 어떻게 바가지를 긁을 수 있나요. 나는 직장이었던 '21세기무협연구소'의 퇴직금과 텔레비전 퀴즈쇼에 나가 받은 상금을 뉴질랜드 여행에 다 써버려서 한푼도 가진 것이 없었습니다. 그래도 뉴질랜드 여행이 아니었다면 어떻게 007을 만나 스릴 넘치는 모험을 할 수 있었겠어요? 은행에 맡겨둔 돈보다는 섹시한 애인이 낫다고 믿기에 나는 행복했습니다. 새로운 애인은 권태로운 여자를 '멋진 신세계'로 데려가주지요.

결국 우리는 물살을 가르며 헤엄치는 대신 샤워기를 틀어놓고 그 밑에서 섹스를 나누었어요. 그는 파도가 해변으로 세차게 밀려

들듯 나의 모든 틈을 속속들이 채워주었지요. 쏟아지는 물을 맞으며 버둥거리는 재미가 파도타기보다 못하지 않더군요. 코에 물이 들어가지 않도록 주의하는 것만 잊지 않으면요.

"게임에서 이긴 스파이에겐 휴가가 필요해."

007과 나는 이틀 동안 바다에 나가 헤엄을 치고 선탠을 하고 배가 터지도록 싱싱한 생선회와 게요리를 사먹었습니다. 아름다운 흰색 요트 안에서 나누는 달콤한 키스를 상상하기도 했습니다만, 요트를 빌릴 수는 없었어요. 스파이도 나라의 녹을 먹는 공무원이므로 생각보다 박봉에 시달리는지 모르겠다고 생각했지요. 나는 다 이해할 수 있었어요. 만일 스파이와의 결혼생활이 고되더라도 우리의 사랑을 지켜내야겠다고 마음을 다잡았어요.

바다를 뒤로 한 우리는 은색 스포츠카에 기름을 가득 넣어 강이 내다보이는 펜션으로 이동했습니다. 007은 삼박사일간 나에게 수상스키를 가르쳐주었어요. 스물여섯 해 동안 땅 위를 달리기만 했던 나는 물 위를 달리게 되었습니다. '21세기무협연구소'에서 일하는 내내 내가 가장 꿈꾸었던 것은 물 위를 걷는, 등평도수(登萍渡水)의 경지였답니다. 무림의 고수라면 무릇 허공을 가로지르고, 물 위를 달려야 하지 않겠어요? 발밑에서 물보라가 점점이 튀어오르는 것을 바라보며, 나는 나비처럼 물 위를 나는 여검객이 된 느낌을 맛보기도 하였어요.

나는 훌륭한 본드걸이 되기 위해 스쿠버다이버 자격증을 따겠다고 말했으나 007은 그럴 필요가 없다고 했습니다. 그는 지금의 나로서도 부족함이 없다고 말했지요. 그는 나에게 많은 것을 원하지 않는다고도 했어요. 그래요, 사랑은 그 사람을 있는 그대로 인정하는 것이겠지요.

"007, 당신은 세계 각국을 다 돌아다니니 얼마나 좋을까요? 아름다운 휴양지, 최고급 호텔, 멋진 자동차. 사람들은 모두 그런 것을 꿈꾸잖아요."

"모르는 소리 마. 그건 여행이 아니라 출장이라고."

"하지만 기묘한 신형 무기들을 먼저 사용해볼 수 있으니 얼마나 재미있어요. 남자들은 얼리어답터가 되기 위해 월급을 거덜내기도 하잖아요."

"됐어, 미미. 당신은 스파이의 삶을 몰라."

나는 스파이의 삶을 다 알지는 못하지만 스파이를 사랑할 수는 있다고 항변하려다 말았습니다. 아무도 모르게 그가 내 수영복 안으로 손가락을 집어넣었거든요. 양복 안쪽에서 권총을 꺼내듯 아주 재빠른 손놀림으로요. 나는 몸이 부르르 떨려서 아랫입술을 깨물고 말았어요.

강에서 신나게 놀다가 펜션에 돌아오면 007은 현관문 앞에 가벼운 의자를 놓고, 또 그 의자 위에 빈 맥주 깡통 세 개로 탑을 쌓아놓고 잠자리에 들었습니다. 문틈에 쐐기를 박아놓는 것도 빠뜨리지 않았지요. 저것들이 다 뭐냐고 묻자 그는 이렇게 대답하더군요.

"스파이는 언제나 초대하지 않은 손님이 올 것에 대비해야지."

"베개 밑의 권총도요?"

"맞아, 미미. 미미는 역시 훌륭한 본드걸이야. 당신이 아니었더라면 악당들을 해치울 수 없었을 거야."

그날 밤, 우리들의 방에는 어떤 불청객도 찾아오지 않았답니다. 창문 틈으로 기어들어온 독거미도, 환풍기 안으로 들어온 독가스도 없었어요. 우리는 다리를 지그재그로 얽고 다디단 꿈을 꾸었습니다. 나는 이따금 잠에서 깨어 007이 코를 골고 이를 가는 소리를 들었지만, 곧 다시 잠이 들곤 했지요. 격렬한 섹스가 격렬한 전투만큼 에너지를 소모시키기도 하니까요.

　"보드카 마티니, 젓지 말고 흔들어서."

　나는 냉장고에서 우유를 꺼내 몇 모금 마신 뒤 007의 주문대로 마티니를 준비했습니다. 007은 마티니를 받자마자 단숨에 다 마셔버렸지요. 나는 그가 마티니를 너무 자주 마셔서 알코올 중독이 되지 않을까 염려가 되었어요. 안 그래도 긴장과 격무에 시달리는 사람인데 술까지 즐긴다면 간이 어떻게 되겠어요. 스파이가 간암으로 사망한다는 것은 너무 드라마틱하지 않아서 우울한 말로(末路)가 될 거예요.

　"007, 배고프지 않아요? 밖에 나가서 외식할까요?"

　"아니, 귀찮아. 집에서 쉬고 싶어."

　007은 소가죽소파 위에 길게 누워 텔레비전 리모컨만 만지작거리고 있었지요. 그가 밖에서 절대 놓지 않는 것이 권총이라면, 집에서 절대 놓지 않는 것은 텔레비전 리모컨이랍니다. 그가 만지기 좋아하는 것 두 가지 — 리모컨과 젖꼭지.

"그럼 중국집에서 뭘 시켜먹을까요? 아님 피자라도. 나 피자 할인쿠폰 있어요."

미국 영화를 보면 주인공이 네모난 종이상자에 든 중국요리를 배달시켜 먹곤 하잖아요. 남이 먹는 건 뭐든지 참 맛있어 보여요. 특히 텔레비전 드라마나 영화 속 주인공이 먹는 것은 더욱. 나는 그걸 보고 이 다음에 애인이 생기면 중국요리나 피자를 집으로 배달시켜 오순도순 나눠먹어야지, 하고 꿈꾸기도 하였지요.

"말도 안 되는 소리. 스파이의 집에 배달원을 부르다니."

"그럼 나는요?"

"응, 당신은 본드걸이잖아. 007 제임스 본드의 연인 본드걸. 스파이에게 여자는 필수지."

007은 토크쇼에서 액션영화로, 액션영화에서 홈쇼핑으로 채널을 바꾸었습니다. 홈쇼핑 화면에는 반라의 다리 긴 러시아 모델들이 득실거리고 있었지요. 나는 별수 없이 냉동실에서 쇠고깃덩어리와 만두를 꺼냈어요. 꽁꽁 언 양지머리를 녹여 만둣국을 끓이려고요. 오늘의 요리 — 만둣국과 열무김치.

나는 쇠고기를 감싸고 있는 지퍼팩을 벗기고 식칼을 꺼내들었습니다. 단단한 쌍둥이표 칼로 쇠고기를 몇 번 찍어보았지만 빗살 모양의 칼자국만 났어요. 스파이에게 여자는 필수지. 그의 말이 자꾸 머릿속에 떠오릅니다. 나는 다시 칼날을 직각으로 세워 쇠고기를 찍었습니다. 쇠고기에 달라붙어 있던 얼음조각이 얼굴로 튀어올랐겠지요. 나는 그에게 몇번째 여자일까, 하는 생각이 듭니다. 나는 언 고기 써는 것을 포기하고 고깃덩어리를 전자레인지에 넣어 해동 버튼을 눌렀습니다.

바가지를 잘 긁지 못하는 나는 창가로 가 아파트 바깥에 펼쳐진 산란한 불빛들을 바라보았지요. 십오층 아파트 창가에 서서 내다보는 밤의 도로는 007이 마시는 마티니처럼 아직 익숙하지 않았습니다. 스파이의 집이라면 교외의 전원주택이나 산자락의 빌라쯤을 상상했었는데, 도심의 아파트라니요. 007은 주택의 일층보다 고층 아파트가 스파이에게 더 안전하다고 말했습니다만, 나로서는 잘 모르겠습니다. 부녀회 활동에 열심인 이웃들은 그를 무역업에 종사하여 출장이 잦은 독신자로 알고 있다지요.

우리가 휴가에서 돌아온 지도 한 달이 지났습니다. 한 달 동안 007에겐 아무런 임무가 주어지지 않았고, 덕분에 우리는 거의 매일 함께 지낼 수 있었지요. 때론 언제까지나 이렇게 재미나게 지낼 수 있는 걸까 의문이 들기도 했지만, 쓸데없는 걱정은 하지 않기로 했습니다. 나는 007이 악당들을 물리칠 수 있도록 도움을 준 뛰어난 본드걸이고, 앞으로도 계속 그럴 거라 믿는 까닭이지요. 나, 미미양은 퀴즈쇼에서 일등을 한 만물박사이자, 각종 무술로 무장한 원더우먼에, 섹시하기 그지없는 매력폭탄이잖아요. 한번 본드걸은 영원한 본드걸이 아니겠어요.

그러고 보니 뉴질랜드에서 프라이팬으로 후려친 악당의 뒤통수가 떠오르는군요. 악당이 식당 바닥에 엎어지지 않았더라면, 007의 머리에는 분화구가 뚫렸을 거예요. 또 놀이공원 유령의 집에서 폭탄을 발견하지 않았더라면 어땠겠어요. 이만하면 내가 007의 생명의 은인이라는 데 자부심을 느껴도 괜찮겠지요.

"007, 텔레비전 재미없으면 비디오 봐요. 거기 탁자 위에 공포영화 빌려놓은 것 있어요."

나는 해동된 고기를 전자레인지 안에서 꺼냈습니다. 요리 솜씨를 제대로 발휘하지 못할까봐 조바심이 났지요. 원래 음식이란 마음먹고 잘 만들어보려고 하면 더 맛이 안 나곤 하거든요. 하지만 사랑에 빠진 대개의 남자들은 형편없는 요리라도 억지 미소를 지으며 깨끗하게 먹어주어요. 그것은 로맨틱한 데이트의 한 과정이지요.

"난 공포영화 안 보는데."

"왜요?"

공포영화를 보다가 "어맛!" 하며 남자에게 살짝 안겨주는 센스도 데이트의 필수요소가 아닌가요? 더구나 난 공포영화가 무섭지 않아요. 공포영화의 주인공들은 아무에게도 사랑받지 못하는 고아와 같은 존재들이잖아요. 동정은 백혈병에 걸린 긴 머리칼의 창

백한 여주인공만 받으라고 있는 건가요? 누구라도 사랑받지 못하면 도끼와 톱을 든 괴물이 될 수 있어요. 자신은 절대로 괴물이 되지 않을 거라 장담할 수는 없지요.

"공포영화라니, 무섭잖아."

"그런 게 무서우면 어떻게 사람을 죽였어요?"

"응, 그건 내 일이니까. 일하지 않을 땐 무서운 게 싫어. 코미디가 제일 좋아."

텔레비전에서는 홈쇼핑 란제리쇼의 꼬리를 물고 개그쇼가 흘러나오고 있습니다. 음헤헤 흑흑, 가만히 들어보면 007의 웃음소리도 악당들의 웃음소리와 별 차이가 없습니다. 조금은 경망스럽기도 하고, 조금은 귀에 거슬리기도 합니다. 웃는 것 같기도 하고, 우는 것 같기도 합니다. 아, 아닙니다, 그렇지 않습니다. 007은 악의 무리와 싸우는 정의의 영웅. 죽음과 삶의 경계를 넘나드는 모험가. 신비의 베일에 싸인 고독자. 그를 다 이해할 수는 없지만, 사랑할 수는 있어요. 사랑은 늘 이해보다 앞서는 것이죠.

나는 그에게 맛있는 만둣국을 끓여주기 위해 쇠고기를 도마 위에 올려놓고 썰었습니다. 진한 국물을 우려내려고요. 옛날에 아버지는 내가 끓여드린 만둣국이라면 늘 세 그릇씩 드시곤 하셨지요. 국물은 말할 것도 없고 밑바닥에 남은 찌꺼기까지 배추김치로 훑어 말끔히 드셨어요. 나는, 아버지가 보고 싶어요.

"007, 당신도 만둣국을 좋아하나요?"

"특별히 좋아하지도 않고 싫어하지도 않아."

그의 대답은 종종 모호하지요. 아무래도 스파이이다보니 개인적인 것을 드러내는 데 익숙하지 않은지도 몰라요. 그가 우유부단하다거나 회색분자라는 얘기는 결코 아니에요.

나는 그가 텔레비전에 몰두하고 있다는 걸 알지만 자꾸 말을 걸었어요. 나는 섹스보다 대화를 하고 싶을 적이 많았어요. 007이야 당연히 대화보다 섹스를 더 좋아하지요. 그건 모든 남자들의 공통점일 겁니다. 그것이 비극이지요.

"몸으로 대화를 하는데 무슨 대화가 더 필요하지?"

그들은 이렇게 말을 할 게 뻔합니다. 이해에는 대화가 필수적인데 말이에요. 그들은 대화를 피곤하다고 말하지만 따지고 보면 섹스만큼 피로한 행위도 없지 않나요? 때로는 섹스가 스포츠에 버금가잖아요.

"좋아하지도 않고 싫어하지도 않는다는 건 뭘까—요? 그럼 만둣국을 끓이지 말까—요? 다른 걸 만들까—요?"

"아니, 아무거나 줘."

007은 '아무거나'란 말도 참 잘합니다. 식당에서는 까다로운 미식가 행세를 하면서 말이에요. 그는 퍽 종잡기 어려운 사람이에요. 사랑하는 사람의 비위를 맞추기란 쉬운 일이 아니겠죠.

"알았어요. 그럼 그냥 만둣국을 끓일게요. 국물만 끓이면 금방이에요."

나는 그가 나를 돌아보지 않아도 계속 말을 걸었어요.

"007, 우리 아버지는 만둣국을 참 좋아하셨어요. 당신 아버지는 무슨 음식을 잘 드셨나요?"

"난 잘 몰라. 우리 아버진 너무 일찍 돌아가셔서. 나한텐 M이 아버지나 마찬가지지."

그렇군요. 우리에겐 또하나의 공통점이 있군요. 아버지를 일찍 잃었다는 점. 나는 007에게 더욱더 애틋한 마음이 들었어요. 어린 시절, 그가 사랑을 부족하게 받았다면 내가 더 많은 사랑을 주고 싶었어요. 그에게 보다 맛있는 만둣국을 끓여주고 싶었어요.

"그랬군요. 난 어머니도 일찍 돌아가셨어요. 나는 어머니의 얼굴을 꼭 닮았대요. 어머니는 대단한 미인이셨다죠. 당신은 누구 얼굴을 닮았어요?"

"거기 서 있지 말고 이리 와."

"난 국물을 끓여야 하는데요?"

"그냥 놔두고 이리 오라니까."

"빨리 고기를 우려야 하는데……"

나는 썰다 만 쇠고기를 나무도마 위에 내버려두고 소파 끝에 걸터앉았습니다. 그가 몸을 반쯤 일으켜 내 어깨를 끌어당겼지요. 입을 맞출 때, 그의 입에서는 마티니 냄새가 났고, 그가 어젯밤부터 양치질을 하지 않았다는 사실도 알고 있었지만, 그렇다고 싫은 느낌이 들지는 않았어요. 하지만 나는 부러 앙탈을 부렸습니다.

스파이에게 여자는 필수지, 라고 했던 말이 계속 신경에 거슬렸으니까요.

"아이, 밥부터 먼저 먹고요."

"밥 먹기 전에 먼저 먹으면 안 될까?"

007은 단숨에 내 옷을 벗겨버렸습니다. 그는 총만 빨리 쏘는 게 아니라, 악당만 빨리 잡는 게 아니라, 옷도 빨리 벗깁니다. 성급한 나머지 애무를 생략하고 몸 위로 올라옵니다. 그건 그의 유일한 단점이지요. 악당도 이왕이면 총을 쏘기 전에 왜 쏘는지 어디를 맞힐 건지 알려준다면 감사할 겁니다. 물론, 그사이에 역습을 허용하면 안 되겠지요. 모든 일에는 준비라는 게 있고, 과정을 대충대충 생략하는 건 그다지 좋은 습관이 아니라고 옛날에 아버지는 말씀하셨습니다.

"저기 서랍 안에 있는 것 좀 꺼내봐."

007은 내 젖꼭지를 조몰락거리다가 텔레비전 밑의 서랍을 가리켰습니다. 나는 그가 혹시 선물을 넣어놓았는가 싶어 옷 벗은 채로 냉큼 달려갔어요. 남자들은 다이아몬드 반지를 이상한 곳에 숨겨놓았다가 여자가 발견할 때 불쑥 청혼을 하곤 하잖아요. 아이스크림 속이나 칵테일 잔에 숨겨놓은 반지를 모르고 삼키면 상당히 괴로워지지요. 배설물을 뒤적여 반지를 찾는 일이 유쾌할 수는 없잖아요. 그러니 반지를 찾다가 무슨 반지가 그렇게 작으냐, 무슨 목구멍이 그따위로 크냐 하며 서로 다투게 될 수도 있을 거고, 그러다가 사랑이 깨어질 수도 있을 거예요.

"서랍 안에? 아무것도 없는데요?"

반지 케이스는 보이지 않았어요. 하다못해 포장용 리본 한 개도요.

"안 보여? 거기 약봉투."

"봉투?"

"봉투 안에 콘돔 있어."

한사랑약국. 대표약사 양조하. 나는 약봉투 안에 들어 있는 콘돔을 한 개 떼어다 그의 손바닥에 놓아주었지요. 실망하지 않았더라면 포르노 배우같이 콘돔포장을 섹시하게 입으로 찢어 성기에 끼워줄 수도 있었겠지만, 기분이 상해서 그러고 싶지 않았어요. 콘돔은 침대 머리맡 '사랑의 선물' 사탕 통에만 넣어둘 것이지 왜 아무 데나 넣어놓느냔 말이에요. 나도 다이아몬드 반지와 함께 청혼을 받고 싶어요.

"조개가 입을 벌리도록 소금을 쳐야겠군."

007이 손가락으로 내 음부를 간질였습니다. 그러나 나는 그때까지도 기분이 좋지 않았기 때문에 문을 열어주고 싶은 마음이 들지 않았어요. 나는 아무 때나 막 문을 열어주는 쉬운 여자가 아니에요.

"날 사랑하나요?"

서랍 안에 눈깔사탕만한 다이아몬드 반지가 있었더라면 그의 사랑을 의심하지 않았을 거예요. 나는 남자들이 결혼할 여자가 아니면 돈을 쓰지 않는다는 사실을 알고 있으니까요. 때로 남자들은 돈이 아까워서 돈을 쓰게 만든 여자와 결혼하기도 한다지요. 하지만 본전 생각하다 인생 망치는 수가 있어요. 데이트 비용보다는 위자료와 이혼소송 비용이 더 세게 나오는 법이니까요. 좌우간 나는 007이 나와 결혼하게 만들기 위해 그의 돈을 좀더 쓸 필요가 있다고 생각했답니다. 내일 당장 그의 신용카드를 들고 백화점에 가서 할리우드 스타들이 애용한다는 주름방지크림과 뾰족구두를 사야겠어요.

"007, 왜 대답을 안 해요? 날 사랑하지 않아요?"

"그런 말이라면 생략할 때도 되지 않았어?"

007은 생략을 지나치게 좋아합니다. 생략이 적절할 때는 생략의 미학을 가져올 수 있으나 그것이 지나치면 관계의 분열을 불러오지요. 그는 말 바꾸기의 대가이자 간지럼 태우기의 명수. 사랑한다는 말은 하지도 않고 간지럼만 태웠지요. 간지러움에 내 몸이 진동하기 시작할 때, 그의 휴대전화가 덩달아 몸을 뒤틀었어요. 진동으로 설정해놓은 휴대전화가 탁자에 부딪혀 더더더더 더, 하는 소음이 들렸지요.

"아이 씨, M이다."

그는 냉큼 소파에서 몸을 일으켜 휴대전화 창을 확인했지요.

"아, 예, 한 시간 안에 도착하겠습니다. 삼십 분이요? 주말이잖아요. 그래서 어쩌라고요. 차가 막히는 건 저도 어쩔 수 없다니까요. 급하면 헬기를 보내주시든지. 알겠어요. 알겠다고요."

007은 전화를 끊자마자 안방에 들어가서 셔츠를 입고, 타이를 매고, 여행가방을 챙겼습니다. 여행준비를 하는 데 이력이 난 듯 오 분도 걸리지 않는군요.

"일이 생긴 건가요?"

"응."

그는 얼굴에 미소를 띠고 있었으나 긴장한 것을 감출 수 없었습니다. 개그쇼를 보던 때와는, 내 몸을 간질이던 때와는 사뭇 다른 분위기였어요.

"언제 오는데요?"

"글쎄…… 아무래도 긴 여행이 되지 않겠어?"

그의 말투 역시 사무적이었습니다.

"어디로 가는데요?"

"……"

"위험한 작전인가요?"

"미미, 그렇게 꼬치꼬치 캐묻지 마. 마누라처럼 구는 건 딱 질색이라고. 그리고 집열쇠는 경비실에 맡겨줘."

"알았어요. 하지만 나도 함께 가면 안 될까요?"

"왜?"

"난 본드걸이잖아요. 본드걸이라면 새로운 임무도 함께 해야죠."

"이번엔 그럴 필요 없어. 지난번과 일이 다르다고. 걱정은 말아, 귀여운 미미."

그는 달래듯이 내 뺨을 살짝 쥐었다 놓았고, 나는 그의 약간 비뚤어진 넥타이핀을 바로잡아주었습니다.

그는 왜 혼자 가겠다고 하는 걸까요? 혼자라면 위험할 텐데. 스파이는 혼자일 때보다 짝을 이룰 때 더 막강해진다는 사실을 모르는 걸까요? 누구에게도 지지 않는 스파이가 바로 스파이 부부이고, 역사상 가장 막강한 스파이들이 스파이 가족이라는 걸 그에게 가르쳐주고 싶지만, 오늘은 그럴 시간이 없군요.

"007, 돌아올 거예요?"

나는 불현듯 불안한 마음이 들었던 겁니다. 여자는 불안할 때 확인을 원하지요. 아무런 효력 없는 것일지라도.

"그럼, 여긴 내 집인걸."

"아뇨, 이곳 말고요."

"이곳 말고 어디?"

"내게 돌아올 건가요?"

"지나치게 계획적인 건 탐험가의 삶이 아니지 않아?"

007은 여행가방을 닫자마자 뒤를 돌아 나가버렸습니다. 아무도 없는 방의 불을 끄고 홀쩍 나가버리듯이.

26

나는 007의 아파트를 떠나 초록색 철제대문이 달린 나의 낡은 일층집으로 돌아왔습니다. 물컵이 떨어져서 설거지를 했고, 이불 빨래도 해 널었어요. 돼지저금통의 동전으로 골목 끝 구멍가게에서 라면도 사다놓았지요.

매일 아침 나는 007의 아파트에 들러 문이 잠겨 있는 것을 확인한 다음 갈빗집으로 출근을 했어요. 새로운 직장이 갈빗집인 것은 아닙니다. 형부와 언니의 부탁으로 잠시 카운터를 봐주는 것이지요. 영업을 본격적으로 시작하기 전에 파를 썰고 청소를 돕기도 했습니다만, 어디까지나 아르바이트로 돕는 것뿐이지요. 나는 본드걸이고 007을 도와야 하므로 새로운 직장을 구할 생각은 전혀 없었어요.

본드걸에게는 그에 맞는 임무가 주어질 것입니다. 나는 그것을 지난번처럼 훌륭히 완수해야 하기에 새벽에 일어나 이부자리 위에서 물구나무를 서고 동네 태권도장에 나갔어요. 스파이의 역사를 공부하는 것도 일과 중 하나였지요. 나는 매일 밤 스탠드 불을 밝히고 『스파이는 페루에 가서 죽다』 『너희가 스파이를 믿느냐』 『암호 읽어주는 여자』 『간첩이 있던 자리』 『스파이와의 인터뷰』 『꼬리에 꼬리를 무는 작전』과 같은 책들을 탐독했어요. 007을 만나 스파이계로 뛰어든 건 우연이었으나 이후로는 만반의 준비를 갖추고 적극적인 자세로 임무를 수행해야 하겠지요. 이래 봬도 나는 학창시절 단 한 번의 결석도 허용하지 않는 불굴의 의지를 보인 성실한 인간이랍니다.

"뭐야? 너 정신을 어디다 두고 있는 거야? 방금 나간 손님한테 거스름돈 얼마짜리 준 거야? 그렇게 불성실하게 일하려면 하지 마."

언니는 내가 계산을 잘못했다고 자꾸 야단을 쳤습니다. 셈도 제대로 안 할 거면 차라리 가위를 들고 다니며 고기를 자르라고 구박하기도 했지요. 그나마 편한 일거리를 주었더니 농땡이를 치느냐고 했어요.

마음 착한 형부는 언니의 잔소리를 멈추게 하기 위해 "처제, 왜 그래? 실연이라도 당했어?" 하고 저 혼자 웃었지요. 극단적 채식주의자인 형부는 하루 종일 고기 굽는 냄새를 맡아서 머리가 약간

이상해진 것 같았습니다. 별로 우습지 않은 일에도 손톱으로 배를 긁으며 저 혼자 웃곤 했지요. 몸에 원인불명의 두드러기가 나 가려워 죽겠다고 했고요. 때로는 고기 타는 냄새가 심한 스트레스 요인이 되기도 하는 모양입니다.

형부와 달리 언니는 어릴 때 고기를 실컷 못 먹은 게 한이 되어 갈빗집을 열었다는 사람입니다. 과거에 아버지는 변두리 이발소 이층에서 도장(道場)을 하셨으나 그리 잘 되지 않았어요. 아버지는 각종 무술을 조금씩 하셨는데 어느 족보에도 이름을 올리지 못하셨고, 그래서 도장에는 꼬마들이나 몇 오가곤 했지요. 동네 아주머니들이 코흘리개를 데리고 와서 "태권도를 가르치나요?" 하면 "글쎄요" 했고, 또 "합기도를 가르치나요?" 해도 "글쎄요" 했지요. 쿵푸영화를 보고 노란색 트레이닝복을 사입은 청년들이 물어보아도 "쿵푸를 가르친다고는 할 수 없습니다"라고 했고요. 사람들이 "그럼 뭘 가르치나요?" 하고 물으면 그냥 "무술입니다. 각종 무술에서 장점만을 따온 일종의 잡탕이지요, 잡탕" 하고 껄껄껄 웃으실 뿐이었어요. 그러니 어느 누가 아버지의 도장에 돈을 내려 했겠어요. 사람들은 무엇이든 뼈대 있는 것을 좋아하므로 무술도 뼈대가 있는 정통한 것이어야 하는데, 아버지는 그걸 모르셨던 겁니다.

아버지에게 질린 언니는 갈빗대든 생선뼈든 뼈대가 굵은 것을 좋아한다지요. 오징어 같은 연체동물은 질색이랍니다. 그런 언니가 어째서 바짝 마른 형부와 결혼을 했는지 알 수 없어요.

"그렇게 바짝 마른 북어보단 물 먹인 소가 백배 낫지. 잠시 잠깐 눈깔이 삐었어. 그놈의 털장갑 한 짝에 손목을 주어버리다니. 그때가 엄동설한만 아니었어도……"

하지만 언니의 하소연도 믿을 수는 없지요. 형부는 언니가 먼저 단 커피를 내밀며 잇몸을 드러내고 웃었다고 했으니까요.

어린 시절, 아버지는 언니와 나에게 족보도, 사형사제도 없는 무술을 가르치며 인간의 도(道)에 대해 끊임없이 설명하셨어요. 어느 날, 새총으로 사이다병 맞히는 훈련을 하던 언니는 무술을 배울수록 배만 더 고파진다, 사이다병을 백발백중 맞춘들 사이다가 나오냐 콜라가 나오냐, 며 도장에 불을 질러버렸습니다. 일층 이발소는 다행히 건재했으나 도장은 마룻장과 벽이 모두 까맣게 타버렸지요. 아버지는 그후로 대본소에서 무협지만 빌려 읽다가 일찍 세상을 떠나셨답니다. 어머니는 이미 오래 전에 돌아가신 터라 고아가 된 언니와 나는 약간의 보험금을 나눠들고 각각 대고모댁과 어머니의 외숙댁으로 흩어지게 되었어요. 결국, 언니가 지른 불이 멸문지화(滅門之禍)를 가져온 셈이지요.

어머니의 외숙댁 사람들은 씹을 거리가 떨어질 때마다 아버지를 씹었어요. 따로 추잉껌이나 오징어다리를 살 필요가 없었습니다. 어머니의 외숙부는 아버지가 무술 같은 건 제대로 배워보지 못한 켈로부대 출신이라고 말했고, 어머니의 외숙모는 켈로부대는 무슨 공포의 켈로부대냐, 떠돌이 차력사 출신이라카더라, 고욕을 했지요. 아버지는 켈로부대원도 되었다가, 차력사도 되었다가, 엑스트라 배우도 되었다가, 무협소설가도 되었습니다.

나는 아버지가 차력사였든 무엇이었든 아무런 상관이 없었어요. 그가 무엇이었든 그는 나의 아버지가 틀림없으니까요. 나는 책 외판을 하던 어머니의 외숙의 아들에게서 낱장이 찢어지고 파손된 백과사전을 얻어 그것을 읽으며 가족에 대한 그리움을 잊어갔어요. 다행히 백과사전은 페이지가 많았어요. 나는 백과사전을 통해 우주가 한없이 넓고, 그 속에는 셀 수 없이 많은 가족들이 있다는 걸 알게 되었지요. 그 많고 많은 가족 가운데 한 가족쯤은 우리와 같아도 상관없을 거란 생각이 들었어요. 더이상 불행하게 느껴지지 않았어요.

그 옛날 언니는 가난한 아버지를 몹시 원망했었나봅니다. 그러나 나는 지금도 신발짝으로 급소 찌르기를 가르쳐주시던 아버지가 보고 싶어요. 나는 하나뿐인 혈육인 언니를 사랑하지만, 아버지를 잃게 한 언니를 완전히 사랑할 수는 없어요. 게다가 언니의 외모는 아버지를 아주 많이 닮아 언니를 볼 때마다 아버지를 떠올리지 않을 수 없습니다. 아버지는 언니처럼 턱이 짧고 눈꺼풀이 두툼하셨지요. 나의 첫 직장이 직원이 단 세 명인 '21세기무협연구소'였던 까닭도 다 아버지를 향한 연민 탓이었던 듯싶습니다.

어른이 된 언니는 도전적인 성격대로 삼십 년 된 정육점 앞에 조그만 정육점을 열었고, 마장동에서 고기 배달을 하던 채식주의자 청년과 결혼을 했고, 박리다매로 돈을 벌게 되어 정육점과 나란히 갈빗집을 차렸습니다. 언니네 정육점 건너편의 삼십 년 전통을 자랑하던 정육점은 당연히 망해버렸고요. 언니는 손님들이 불판 위에 남기고 간 딱딱한 고깃조각을 아깝다고 주워먹어요. 검게 탄 고기 한 점도 냠냠 맛있게 먹지만 좀처럼 살이 찌지 않아요. 겨우 돈 몇 푼에 동생을 달달 볶을 정도로 인색한 여자이니까요. 조실부모한 가없은 동생도 연변에서 온 주방 아주머니와 다를 바 없어요.

하지만 언니에게도 꿈은 있답니다. 언니의 큰딸을 훌륭한 골프 선수로 만드는 것이지요. 언니는 텔레비전에서 대형 갈빗집 사장을 아버지로 둔 골프선수를 보고 삶의 희망을 가졌어요. 텔레비전은 인생의 모델을 곧잘 만들어주지요. 지금은 텔레비전 토크쇼에 골프여왕을 기른 장한 어머니라는 이름으로 출연하는 것이 언니의 꿈입니다. 성공한다면 이십 년 후, 『골프 여왕의 어린 시절은 남달랐어요』라는 자서전을 출간할 수도 있겠지요. 언니는 딸의 골프실력이 하나도 늘지 않는 것이 언니의 갈빗집 규모가 크지 않아서라 확신하기에 갈빗집 평수를 늘리기 위해 몸부림치고 있어요.

언니는 007 제임스 본드와 본드걸이 짊어지고 있는 고뇌 따위는 공산당의 세뇌교육으로도 머릿속에 집어넣을 수 없는 인간이지요. 그러니 세계의 평화야 말해 무엇 하겠어요. "내 몸의 털 한

올을 뽑으면 온 세상이 잘 된다고 해도 나는 그렇게 하지 않겠다"
고 말했다는 중국의 양주(楊朱)보다 덜하지 않은 사람이지요. 그
러나 전에도 말했듯이 나는 뉴질랜드 여행 탓에 돈 한푼 가진 것
이 없고, 본드걸도 삼시 세끼는 먹어야 살기에 갈빗집 카운터를
벗어날 수 없었답니다.

007은 어째서 돌아오지 않는 걸까요. 산마르코 광장이나 에펠
탑에서 악당들과 싸우고 있는 걸까요. 저격수의 총에 맞거나 차가
뒤집히거나 헬기가 폭발하여 생사의 기로에 서 있는 것은 아닐까
요. 내가 날아가 구해주어야 하는 건 아닐까요. 나는 과거에 보았
던 온갖 스파이 영화들의 장면을 떠올리며 하루하루를 보냈습니
다. 007의 집 현관문은 언제나 잠겨 있고, 나는 매번 초인종을 길
게 누르다 돌아섰지요. 그에게 연락이 닿는 휴대전화 번호는 오직
그의 상관인 M만이 알고 있다니 달리 연락할 수 있는 방법도 없
었답니다.

그의 아파트에서 갈빗집까지 버스를 타고 가는 길은 쓸쓸했어
요. 나는 그 쓸쓸함을 이기기 위해 그가 여행, 아니 출장에서 사가
지고 올 선물을 머릿속으로 그려보았지요. 가령 그 도시를 대표하
는 기념품이나 특산물, 혹은 면세점에서 구입한 목걸이나 향수 같
은 것들을요.

꿈속에서 카우보이 모자를 쓰고 갈빗집에 나타난 007은 나에게
부메랑을 던졌어요. 007, 돌아왔군요! 나는 소리를 지르며 그의

품에 안겼어요. 그는 갈빗대가 으스러지도록 나를 안아주었고, 소
갈빗대를 뜯고 있던 사람들은 젓가락으로 고기 굽는 불판을 두드
리며 우리 두 사람을 축복해주었지요. 그가 입고 있는 방탄조끼는
쉽게 벗겨지지 않았어요.

　출장을 떠난 007은 그리 빨리 돌아오지 않았습니다. 이번에 그가 만난 악당들은 매우 질긴 놈들이 틀림없다고 믿으며 나는 갈빗집 아르바이트를 계속해나갔지요. 갈빗집에 고기를 먹으러 온 손님 가운데 내가 본드걸이라는 것을 눈치채는 사람은 아무도 없었어요. 나는 그제야 비로소 진지한 스파이 영화의 히로인이 된 기분이었어요.

　히로인이 된다고 해서 행복한 것은 아닐 겁니다. 스파이가 그저 화려하기만 한 직업은 아니니까요. 스파이는 비밀을 입에 물고 눈보라 치는 얼음산을 오르다 홀로 죽어갈 수도 있어요. 무시무시한 음모에 의해 희생양이 되어 총살당하기도 하지요. 『스파이는 페루에 가서 죽다』에는 '훌륭한 스파이란 남에게 그 존재가 알려지지 않은 스파이이다. 공개된 스파이는 비망록을 써서 돈벼락을 맞거나 소리없이 제거되거나 둘 중 하나'라고 적혀 있어요. 아내나 남편에게조차 자신의 존재를 감춘 스파이의 길은 얼마나 외로운 것일까요. 나는 갈빗집에서 편안히 방석을 깔고 앉아 돼지갈비를 뜯어먹고 있는 사람들의 면면을 훑어보았어요. 텔레비전에서 소개해주는 〈맛집 대탐험〉을 시청하며 갈비를 구워먹는 일상 속의 사람들이 어떻게 은밀한 모험에 뒤따르는 고통을 이해하겠어요. 누구도 스파이의 고독을 짐작할 것 같지 않았어요.

이제 나는 과거의 나로 돌아갈 수 없겠지요. 스파이의 세계에 한번 발을 디딘 이상 여느 사람들같이 살 수는 없을 거예요. 아아, 성(性)을 일찍 알아버린 소년이 동정(童貞)의 친구들을 바라보는 마음이 이와 같을까요. 나는 쓸쓸함을 감추기 위해 계산대로 고개를 깊이 숙였어요.

007이 사건을 해결하기 위해 떠난 지 꼭 두 달째 되는 날 아침, 나는 여느 때와 다름없이 그의 아파트에 들렀지요. 내가 자취를 하는 철제대문 집과 그의 아파트, 그리고 갈빗집을 지도에 놓고 직선을 긋는다면 정삼각형이 될 겁니다. 다른 여자라면 앉을 자리도 없는 버스를 타고 빈 집에 들르는 일이 귀찮아서 며칠씩 걸렀겠지요. 하지만 나는 그러지 않았습니다. 인내심 또한 본드걸에게 필요한 요건이 아니겠어요.

나는 아파트 입구에서 십오층까지 부지런히 뛰어올라갔습니다. 체력단련에 계단 오르기만큼 좋은 훈련도 없으니까요. 나는 날이 갈수록 훌륭한 본드걸이 되어가고 있다는 것을 뿌듯하게 여겼지요. 산소통을 삼킨 한 마리의 타조가 된 느낌이었어요.

띠리리리리리, 띠리리리리리. 익숙한 초인종 소리가 들린 뒤 인터폰에서 귀에 선 목소리가 들렸습니다. "누구세요?" 하고요. 나는 집을 잘못 찾아왔나 싶어 머뭇거리고 있었어요.

"누구세요?"

"저…… 저……"

"저희는 절에 다녀요."

알 수 없는 여자의 목소리가 들리고 인터폰이 꺼졌지요. 나는 다시 초인종을 눌렀습니다. 좀 전보다 더 길고 더 세게요.

"절이라뇨?"

나는 인터폰에 입술을 바짝 대고 말했어요.

"어마나, 전도하러 온 아주머니 아니신가?"

"아주머니라뇨. 근데 댁은 누구신데 남의 집에 들어가 있는 거죠? 거긴 우리집이라고요."

나는 인터폰을 사이에 두고 낯선 여자와 불필요한 대화를 나누고 있는 것이 이상할 따름이었어요.

"집을 잘못 찾으셨나봐. 딴 데 가보세요."

"집을 잘못 찾다뇨? 거기 007네 집 아니에요?"

그때 현관문이 열렸습니다. 막상 문이 열리자 나는 가슴이 뜨끔

하여 얼른 발을 들이밀 수가 없었어요. 멍하니 서 있던 내 콧속을 청국장 냄새가 간질였지요. 나는 피리 부는 사나이의 피리 소리를 따라가는 어린아이처럼 구수한 청국장 냄새를 따라 아파트 안으로 들어갔어요.

"007을 만나러 오신 건가?"

싱크대 앞에 있던 여자가 나를 흘끗 보고 말했습니다. 마치 제가 집주인이라도 되는 양 내가 신고 다니던 분홍색 토끼 얼굴 슬리퍼까지 신고 있었지요. 사실 나는 낯선 여자가 마루에 서 있다는 사실보다 내가 아줌마로 오인받았다는 사실에 더 분개했어요. 나는 아주머니가 아니라 본드걸, 바로 '걸'이란 말이에요. 나는 며칠 전에 미용실에서 파마한 것을 오늘 당장 풀어야겠다고 마음먹었어요. 미용실도 다른 곳으로 바꿔야겠다고 마음먹었어요. 내가 다니는 미용실의 미용사는 껌을 짝짝 씹느라고 머리카락을 말때 집중하지 못하는 것 같아요.

"네, 당연하죠. 당신은 누구시죠?"

"나요? 이 집에 사는 여자요."

자칭 이 집에 산다고 주장하는 여자는 국자로 청국장을 조금 떠 맛을 보았지요. 국자를 든 여자의 손은 손톱을 아주 길게 길러 네일 아트를 했더군요. 손톱에서 떨어진 반짝이가 청국장 건더기와 함께 둥둥 떠다닐 것 같았어요.

"이 집 주인이 바뀌었나요?"

"아니요."

"여긴 007의 집인데 어떻게 당신 집일 수 있어요?"

"007의 집이 내 집이죠."

뒤돌아 서 있는 여자는 대답만 냉큼냉큼 하면서 다시 국자로 국을 떠 맛보았어요.

"007이 당신을 데려왔단 말이에요? 여기에? 그럼⋯⋯"

그제야 어떤 일이 벌어졌는지 깨달을 수 있었어요. 이래 봬도 나는 본드걸답게 눈치가 빠르니까요. 순간 러시아 모델만큼 길고 미끈한 여자의 다리가 눈에 들어왔지요. 그러니까 지금 슬리퍼를 찍찍 끌고 다니며 청국장을 끓이는 여자가 007이 새로 데려온 애인이라는 얘기겠지요. 007이 새로운 임무에서 새로운 여자를 만나 새로운 사랑에 빠졌다는 얘기겠지요.

"그, 그러면, 007은 지금 어디 있나요?"

"우리 자긴 셔츠 맞추러 나갔는데. 우리 자긴 멋쟁이라 몸에 꼭 맞는 맞춤 셔츠만 입는답니다."

다리 긴 여자는 뒤를 돌아보며 특히 '자기'란 말에 힘을 주어 말했지요. 여자는 모든 걸 다 알고 있다는 듯한, 메롱, 하는 표정으로 입술 한쪽만 올라가는 미소를 지었지요.

"언제쯤 오지요?"

"아마 한 시간쯤? 연락처 남겨놓고 가실래요? 어마나, 그런데 집에 연필 하나가 없네. 이 집은 워낙 공부와 담을 쌓고 살아서."

나는 잠깐 동안 007을 기다려야 하나 말아야 하나 고민을 하다가 불현듯 청국장 냄새를 맡을 수 없어 아파트 밖으로 걸어나왔어요. 현관 앞에 떨어뜨려놓았던 가방을 주워들고서요. 대문은 내가 나가자마자 쾅 하는 금속성의 소음을 내고 닫혀버렸지요. 문이 닫히자 청국장 냄새도 나지 않았어요.

007이 청국장을 좋아했던가?

나는 그에게 새로운 애인이 생겼다는 현실보다 그가 청국장을 좋아한다는 사실조차 알지 못했다는 것에 더 가슴이 아팠어요. 나는 그가 생선회와 게요리와 캐비아만 좋아하는 줄 알았거든요. 내가 그를 잘 몰랐던 걸까요? 내가 사랑했던 남자와 새 애인을 데려다놓은 남자가 진정 같은 사람일까요? 나는 엘리베이터 거울에 비친 파마머리를 보고 울고 싶었으나 눈물이 나지 않았어요.

"그는 분명히 사랑한다고 말했었지요?"

"예."

"그는 당신과 섹스하는 걸 즐겼지요?"

"음…… 그때마다 그가 곧장 잠이 들어버려서 물어보지 못했지만, 그런 것 같았어요."

"그는 당신을 헌신짝처럼 버렸지요?

"음…… 그를 만나보지 못해 정확히 알 수는 없지만…… 그런 것 같아요. 그럴 거예요. 우리가 함께 나눈 사랑과 모험을 어떻게 금방 지워버릴 수 있었는지 이해가 가지 않아요."

나는 우는 목소리로 하소연을 했어요.

"맞습니다. 그놈은 나쁜 놈입니다. 나쁜 놈들은 늘 새로운 모험을 찾아 떠나지요. 그들이 꿈꾸는 건 섹스, 어드벤처, 판타지뿐이랍니다."

"모험이라면 저도 꿈꾸는 것인데요?"

"그들은 필요한 티켓은 사지 않고 무임승차하려는 경향이 다분해요. 비용을 여자에게 떠넘기는 일을 밥 먹듯이 하고요. 그게 바로 문제이지요."

"저는 무슨 소린지 잘 모르겠는걸요."

"좌우지간 걱정 마세요. 우리 심부름센터가 도와드릴게요. 분노를 해결하지 못하면 지병이 됩니다. 수면부족, 욕구불만은 곤란해요. 우리들의 아름다운 피부를 해치고 호르몬에 이상을 가져와요."

"그러면 어떻게 도와주시나요?"

"먼저 머니, 머니를 가져오세요. 약간의 돈은 여성을 우아하게 변화시켜주어요. 아름다운 손을 굳이 설거짓물에 담글 필요는 없잖아요?"

구사장은 자신감 넘치는 목소리로 말했습니다. 나는 아쉽지만 그쯤에서 전화를 끝내야 했지요. 이미 말했듯이 가진 돈이 한푼도 없었으니까요.

나는 심부름센터의 구사장을 만난 일이 없습니다. 오직 그녀가 여자라는 사실과 상냥한 목소리만을 기억하지요. 구사장은 나에게 어서 돈만 마련하라고 했어요. 돈만 주면 꼭꼭 숨어서 나타나지 않는 007을 만나게 해줄 수도 있고, 그의 머리통을 콩비지처럼 뭉개놓을 수도 있다고 부드럽게 말했어요. 내가 자세히 말하지 않았는데도, 구사장은 나의 분노를 십분 공감하는 눈치였어요. 내가 느낀 배신감과 모욕감을 그녀도 느껴본 적이 있는 것 같았어요. 구사장과 전화통화를 할 때면 카우치에 비스듬히 누워 정신과의사의 상담을 받는 듯 편안한 기분이 들었답니다.

나는 위로받고 싶었어요. 따뜻한 체온이 아니라면 상냥한 목소리라도 필요했어요. 나는 007이 미워서 죽을 지경이었고, 딱 그만큼 보고 싶어 죽을 지경이었어요. 나는 내 손끝이 느꼈던 그의 살갖, 그것의 감촉이 어땠었는지 떠올리려 애썼어요. 나는 그와 나의 인연이 이것으로 끝난 건 아닐 거라고, 그럴 수는 없는 거라고 생각했어요.

007을 찾아갔다가 청국장 냄새만 맡고 아파트에서 밀려나온 날, 나는 재차 그의 집 대문을 두드렸었지요. 놀이터 그네에 앉아 아이들이 싸우는 모습을 지켜보다가 되돌아갔던 거예요. 내가 알고 있는 사실이라 해도 그에게 직접 확인하고 싶었던 거예요. 그렇지만 아무리 초인종을 눌러도 문은 열리지 않더군요. 귀를 문틈에 바짝 대고 있으려니 환청인지 아니면 집 안에서 새어나오는 소리인지 와글거리는 텔레비전 소리가 들려왔어요. 나는 대문에 대고 소리를 질렀지요.

"007, 안에 있죠? 텔레비전 보고 있죠? 나 미미예요, 미미."

문은 열리지 않았지요. "열려라, 참깨!" 하고 주문을 외워야 열리는 동굴처럼 대문은 굳게 닫혀 있었고, 나에게는 어두운 복도에 서서 문을 노려보는 것 말고 다른 도리가 없었어요. 그는 나에게 변명을 들을 기회조차 주지 않았어요.

"어서 문을 열지 않으면 문짝에다 석유를 뿌리겠어요."

나는 삼십 분 동안 초인종을 누르다 지쳐버렸어요. 007과 다리 긴 여자는 소음을 퍽 잘 견디더군요. 나는 엘리베이터를 타고 아래로 내려가서 관리사무소를 지켜보았지요. 몰래 엿보고 있노라니 직원이 잠깐 자리를 비우더라고요. 나는 그사이 슬쩍 사무소 안에 들어가서 방송을 내보냈어요.

"미아를 찾습니다. 미아를 찾습니다. 미아의 이름은 007. 잃어버린 장소는 긴 굴다리 아래. 입고 있는 옷은 사각팬티. 미아를 발견하신 분은 관리사무소로 연락주시기 바랍니다."

이윽고 관리사무소에 들어온 직원은 나에게 욕을 퍼부은 뒤 옷자락을 잡아끌어 쫓아냈어요. 파출소에 끌려가지 않은 걸 다행으로 여기라는 폭언을 내뱉으면서요. 나는 관리사무소 앞 흙바닥에 넘어졌다가 청바지에 묻은 흙을 털고 버스정류장을 향해 터덜터덜 걸었어요. 무릎이 조금 쓰라렸지만 눈물이 흐르지는 않았어요. 오늘 들은 폭언이 쉬 잊혀질 것 같지 않았지만 걸음을 옮길 수 있었어요. 아직은 007의 변심이 백 퍼센트 확실한 건 아니라는 희망이 있었으니까요. 당장이라도 그에게서 아무 일 아니라는 전화를 받을 수 있잖아요.

그리고 버스가 갈빗집으로 향하는 도중 전화가 걸려왔지요. 007이었어요.

"미미, 어떻게 그런 짓을 할 수 있지? 미아 찾기 방송이라니, 정말 불쾌하군그래."

화를 낼 사람은 나인데 007은 도리어 나에게 따지고 있었습니다. 적반하장(賊反荷杖) — 도둑이 도리어 매를 든다. 퀴즈쇼 예상 문제집에 나왔던 한자성어이지요. 나는 텔레비전 퀴즈쇼 2관왕이었어요.

"게다가 어떻게 내 살인번호를 사방에 떠들어댈 수 있어?"

"왕자병에 걸린 사람은 남들이 자신을 주시하는 줄 아는군요. 하지만 아무도 남의 이름을 기억하지 않고, 남의 일에 신경쓰지 않아요. 그런데 그 여자는 뭐죠? 새 애인인가요?"

"애인? 당신은 본드걸도 몰라?"

그에게서 그 여자는 아무것도 아니야, 라는 말을 듣기를 소망하고 있었다니 나는 바보입니다. 희망은 이미 구멍 난 비치볼이 되어 쉬쉬쉬 바람이 빠져버리고 말았어요.

"본드걸이라뇨. 본드걸은 나예요."

"아냐, 본드걸은 바뀌었어. 당신은 이제 아무것도 아니야."

"한번 본드걸은 영원한 본드걸이에요. 사랑한다고 했잖아요. 어떻게 새 본드걸을 데려올 수 있어요?"

"당신이 뭘 잘못 알고 있나본데, 본드걸은 원래 일회용이야. 한 번 사랑받고 퇴출당하는 운명이라고."

"007은 일회용이 아니잖아요!"

"그거야 007이니까 그렇지."

"절대로 이해할 수 없어요."

"난 본드, 제임스 본드, 스파이야. 당신은 날 몰라. 아마 영원히 이해할 수 없겠지. 어쩔 수 없잖아? 행복해야 해, 미미. 본드걸들은 모두 끝이 좋지 않다던데, 미미는 그렇지 않길 바라."

"그래서 그 여자와도 휴가를 같이 갔나요?"

버스 뒷자리에 앉아 있던 나는 창피를 무릅쓰고 소리를 높였어요. 내 앞자리에 앉아 졸던 군인이 깜짝 놀라 뒤를 돌아보더군요. 그의 눈은 빨갛게 충혈되어 있었어요.

"이러지 마. 고백하자면 사실 난 한 번 결혼한 적도 있어. 신혼여행 떠나는 길에 신부가 암살당했지만. 어쨌든 미리 알려주지 않아 미안."

"뭐라고? 결혼까지 했었단 말예요? 홀아비라고? 어떻게 그런 걸 속일 수 있어!"

"그러지 마, 미미. 사랑도 일종의 게임이고 전쟁이잖아. 전쟁터에서는 속임수를 꺼리지 않는다는 옛말도 몰라?"

"이 사기꾼! 이 도둑놈!"

나는 휴대전화에 입술을 바짝 대고 외쳤어요. 전화는 벌써 끊어져 있었지요. 휴대전화에 찍힌 수신번호로 다시 전화를 걸었지만 착신 금지된 전화라는 말만 되풀이해 나오더군요. 그것이 마지막으로 들은 그의 목소리였어요.

나는 버스 뒷자리에 웅크리고 앉아 갈빗집에서 파를 썰다 벤 손가락을 쳐다보았어요. 손가락에는 살색 일회용 반창고가 감겨 있었지요. 나는 내가 일회용 반창고와 똑같은 신세가 되었다는 걸 믿을 수 없었어요. 슈퍼 스파이 가족을 이루겠다는 꿈이 산산조각 난 것을 믿을 수 없었어요. 나는 스파이의 고독을 이해하려 애썼는데, 그는 이해가 필요치 않았던 겁니다. 그는 내가 자신을 영원히 이해할 수 없다고 말하는군요.

버스는 내려야 할 정류장을 지나쳤지만 나는 버스에서 내릴 수가 없었습니다. 문 쪽으로 걸어나가면 버스 안의 사람들이 내 얼굴을 주의 깊게 쳐다볼 테니까요. 나는 창피를 당하고 싶지 않아서 줄곧 맨 뒷자리에 앉아 있었습니다. 결국엔 종점에 도착하여 차고지에서 버스를 갈아타고 왔던 길을 되돌아갔지요. 멍하니 버스를 타고 종점까지 가보지 않은 사람은 인생의 비애를 논할 자격이 없다고 나는 믿고 있어요.

나는 두 달째 갈빗집 설거지 외에 신문 돌리는 일을 했습니다. 갈빗집 삼층의 PC방 청소도 맡아 했어요. 돈을 준다고 하면 쇠수세미를 삶은 물이라도 마실 수 있었어요. 여자 눈에서는 피눈물이 흐르기도 한다지만 나는 너무 바빠서 피눈물을 흘릴 짬도 나지 않더군요. 구사장은 손을 설거지통에 담그지 않기 위해 돈이 필요하다고 했는데, 나는 어찌하여 돈을 구하기 위해 설거지통에 손을 담가야 하는지 알 수 없었지요. 그래서 급한 마음에 구사장에게 전화를 걸었어요.

"금액을 좀 깎아주시면 안 될까요? 아시다시피, 저는 배신당한 불쌍한 여자인데요."

"그건 좀 곤란합니다. 돈을 마련하는 건 그렇게 어려운 일이 아닌데."

"저한테는 꽤 어려운 일이라서요."

"집에서 우울에 잠겨 있지만 말고 예쁘게 차려입고 등산을 가세요. 산에는 정년퇴직을 한 부유하고 신체 건강한 어르신들도 많답니다. 돈을 좀 꾸어달라고 하고 배신 때리는 건 그렇게 어려운 일이 아니잖아요?"

"제가 배신을 당했는데, 남을 배신하라고요?"

"어차피 인생이란 돌고 도는 거랍니다."

그렇지만 나는 등산복도 없고 등산화도 없고 등산을 좋아하지도 않았어요. 등산복과 등산화는 생각보다 비싸더군요. 그래서 등산은 포기를 하고 말았지요.

새벽에 자전거를 타고 신문 돌리는 일은 체력단련에 그만이었습니다. 그러나 나만 보면 셰퍼드가 왕왕 짖어대는 담장 높은 집 때문에 재수가 없었어요. 셰퍼드가 짖어서 몇 번이나 신문 대금을 받으러 갔다가 허탕을 쳤고, 나중에는 그 집 주인이 구독료를 자동이체시키지 않고 셰퍼드를 앞세우는 것이 알량한 구독료를 내지 않기 위해서가 아닌지 의심하게 되었지요. 나는 신문배달을 그만두게 되는 날, 꼭 담장 안으로 독극물에 절인 햄을 던져주리라 마음먹었습니다. 스파이 가이드북에는 가루, 액체, 겔 등 다양한 형태의 독극물이 소개되어 있답니다.

나는 간신히 계약금을 마련한 날 곧장 심부름센터 구사장에게 전화를 걸었어요. 다른 건 필요 없고 007이 들르는 사무실, 그러니까 그의 상관인 M과 비서인 머니페니가 일하고 있는 정보국의 위치를 알려달라고 했지요.

"차라리 다리를 분질러서 다시는 밥벌이를 못 하게 하지그래요. 일하는 데는 알아서 뭐 하게? 직장에 가서 한바탕 망신을 주고 오게?"

그녀는 몹시 실망한 눈치였습니다. 치정으로 인한 살인이 난무하는 요즘 세상에서 복수라기엔 너무 시시한 것이었으니까요. 왜, 텔레비전 드라마를 보면 남자에게 차인 여자나 그 여자의 어머니가 회사에 가서 소리를 지르고 남자의 멱살을 잡곤 하잖아요. 그러나 남자들은 조금 창피를 당할 뿐 꿋꿋하게 직장에 다녀요. 사람들은 남의 일을 쉽게 잊어버리니까요. 그럼요, 몇십대 일의 경쟁을 뚫고 들어간 직장인데요. 고작 여자 하나 때문에 인생을 망칠 순 없어, 배신자들은 입을 모아 그렇게 말하겠지요.

"다른 건 관두고 정보국 위치나 알려주세요. 그는 스파이예요. 쉽게 미행당하지 않을 거라고요. 제가 택시를 타고 몇 번 시도해 봤지만 전부 실패했어요."

"걱정 말아요, 미미양. 우리는 형사도 간통으로 잡아넣는 심부름센터라니까. 요새 누가 공교육을 믿어. 사교육에 올인해야지. 사교육에서 못 가르쳐주는 것 있나요? 돈이 조금 많이 들어서 그렇지. 스파이고 뭐고 간에 나라에서 돈 받는 것들은 우리랑 경쟁이 안 돼요."

구사장은 사흘 안에 정보국 위치를 알아내겠다고 장담을 했지요. 그녀는 정말 이틀 뒤 정보국의 위치가 담긴 지도 한 장을 이메일로 보내왔어요. 이메일 바디에는 이런 내용도 함께 적혀 있었지요.

'유기농을 생각하는 사람들의 모임 : 일층 카페 '골드 핑거' 위의 이, 삼층에 사무실 있음. 올 1월부터 임대중.'

나는 이메일에 적혀 있는 내용을 한 글자도 빼놓지 않고 꼼꼼하게 읽어 외워버렸어요. 정보국이 '유기농을 생각하는 사람들의 모임'이란 평범한 사무실로 위장해 있다는 얘기로군요.

나는 지도를 프린트해서 지갑 안에 챙겨넣고 외출준비를 시작했습니다. 오늘 외출에는 설거짓물이 튄 낡은 청바지보다 딱 떨어지는 정장을 입는 편이 좋을 것 같다는 생각이 들었습니다. 이래 봬도 나는 본드걸이라 '옷발'이 좋지요. 옷을 꺼내 다림질을 하는

동안 나도 모르게 콧노래가 흘러나왔습니다. 미미, 우린 지금부터
사랑을 시작하는 거야, 언젠가 007이 했던 말이 떠올랐지요.

　정보국이 사무실을 열고 있는 건물은 시내 한복판에서 골목으로 오십 미터쯤 들어간 곳에 위치해 있었습니다. '골드 핑거'는 손님이 별로 많지 않은 한적하고 깔끔한 카페였지요. 투명한 유리 안쪽을 들여다보니 카페 안에 화분이 많더군요. 카페 주차장에는 평범한 흰색 승용차 두 대가 세워져 있었고요. 누구도 이 건물을 무시무시한 정보국 사무실이 있는 곳이라고 상상할 것 같지 않았어요.

　예상했던 대로 나는 정보국 안으로 들어갈 수 없었습니다. 계단을 타고 이층으로 올라가 '유기농을 생각하는 사람들의 모임'이란 간판 밑에 붙어 있는 초인종을 눌렀으나 문이 열리지 않았어요. M을 만나러 왔다는 말에 그런 사람 없다는 대답만 들려왔어요.

"난 본드걸이에요. 문 열어달라고요."

인터폰에 대고 몇 번이나 소리를 질러봤지만 사무실 안의 여자는 침묵을 지켰지요. 그래서 십 분 뒤에 나는 빨간 모자 할머니의 목소리를 흉내내는 늑대처럼 목소리를 곱게 바꾸어 말했어요.

"안녕하십니까? 유기농 두부에 대해 상담하러 왔는데요, 문 좀 열어주세요. 유기농 두부라니까요. 유기농 상추도요. 문 좀 열어주세요."

그러나 문을 방어하고 있는 여자는 늑대에게 속아넘어간 빨간 모자보다 머리가 좋은 모양으로, 잔꾀에 넘어가지 않았어요. 아무래도 정보국에서 근무하는 직원이니 시험을 통과한 재원이겠지요. 초인종을 아무리 눌러도 문은 열리지 않았어요. 나는 늑대가 얼마나 무서운지 본때를 보여줘야겠다고 마음을 먹고 가방 안에 넣어가지고 온 빨간색 매직과 착착 접은 전지(全紙)를 꺼냈습니다. 그러곤 전지를 펼쳐 글자를 또박또박 적었어요.

'위험 : 이곳은 살인넘버 007의 근무지'

나는 종이를 들고 일층 카페 앞에 서 있었어요. 카페 앞을 지나가는 사람들이 내 얼굴을 쳐다보더군요. 스커트 정장을 차려입고 있던 나는 약간 창피한 생각이 들어서 종이를 들어올려 눈 아래를 가렸어요.

종이를 들고 한 시간쯤 서 있었을까요, 신사복을 입은 한 남자가 내 팔을 잡고 건물 안으로 끌어당겼어요.

"왜 이래요? 종이가 찢어지잖아요."

나는 못 이기는 척 남자에게 끌려갔지요. 건물 이층의 사무실 안으로 들어서자 원두커피 냄새가 은은하게 풍겼어요. 사람들은 컴퓨터 모니터를 마주하고 분주한 척 일을 하고 있었고요. 나는 혹시 이곳에서 007을 만나게 되는 건 아닐까 하고 사람들의 뒤통수를 하나하나 뜯어보았어요. 그러나 그와 닮은 반곱슬머리의 머리통은 보이지 않았어요. 한편으론 그와 부딪치지 않아 다행이라는 생각이, 또 한편으론 그가 놀라는 얼굴을 보고 싶다는 얄궂은 생각이 들었어요.

나는 드디어 M을 만났습니다. 007의 상관이며 007에게 아버지와 같은 M, 007에게 살인명령을 내리는 바로 그 남자를. 넓은 책상 너머에 앉아 있는 남자가 M이라는 사실을 누가 말해주지 않아도 나는 알 수 있었답니다. 내가 그를 보고 싶어했던가요? 007에게 임무를 내려 나를 떠나가게 만든 M을 미워했던가요? 007이 어째서 그토록 M에게 복종하는지 궁금해했던가요? 문을 열고 들어가 의자에 앉기까지의 시간이 한없이 길게만 느껴졌지요. 물 속에서 숨을 참고 있는 시간처럼요.

내가 의자에 앉자 비서인 머니페니가 따끈한 커피를 갖다주었습니다. 나는 M의 얼굴을 마주하는 순간 조금 압도되었으나 긴장하지 않은 척 마음을 다잡았어요. 어차피 모든 사람의 사랑과 동정을 독차지하는 멜로드라마의 여주인공이 되지 못할 바에야, 사랑을 잃은 외톨이가 될 바에야 공포영화의 주인공 괴물이 되는 편이 나아요. 나는 프랑켄슈타인의 괴물이 되기로 작정했어요.

얼굴에 살이 적고 콧날이 날카로운 M의 모습은 지성적이면서도 차가운 느낌을 풍겼어요. 그러나 나는 그 차가움 뒤에서 조금씩 하락해가는 중년 남자의 비애 비슷한 것을 느꼈지요. 한순간에 무너질 수 있는, 혹은 스스로 무너지고 싶어하는 빈틈 같은 것이 입가 주름 사이에 숨겨진 것 같았어요. 그의 얼굴은 어떻게 보면 007의 미래를 그린 지도이기에 나는 그에게서 007과의 공통점을 찾고 싶었으나 그것이 쉽게 보이지는 않았어요.

"무슨 이유로 나를 찾는 거지?"

인상대로 그는 목소리 역시 낮고 차분했습니다. 머리카락은 기름을 바른 듯 반지르르했어요. 머리칼 사이로 모기 주둥이도 들어가지 않을 것 같더군요.

"안녕하세요, 저는 미미예요. 얼마 전까지 본드걸이었지요. 뉴질랜드 사건은 잘 아실 거예요. 그때 제가 얼마나 중요한 역할을 했는지도."

나는 일부러 도전적으로 말했고, M은 아무 말도 하지 않았어요. 원래 높은 위치에 있는 사람은 말을 많이 하지 않지요. 그래야 권위가 서는가보지요.

나는 그가 고동색 책상 위로 올려놓은 오른손을 바라보았어요. 새끼 새의 겨드랑이처럼 희고 보드라워 보이는 그 손을 응시하며 나는 저것이 바로 스파이의 손이야, 저 말랑말랑한 손으로 여러 사람의 목을 졸랐겠지, 하는 생각을 했습니다.

"저는 계속 본드걸로 일하고 싶어요."

대답을 기다리기 위해 커피를 한 모금 마셨습니다. 커피는 아주 진했지요. M을 만나기 위해 몇 달간 고생한 것을 떠올리면 이번 기회를 그냥 놓칠 수 없었어요. 나는 자존심이 상했고, 훼손된 것들을 회복해야 했어요. 이대로 죽은 듯이 물러날 수는 없어요. 그들은 나의 존재감을 느껴야 해요. 나도 스파이를 이해할 수 있고, 나도 스파이가 될 수 있어. 영원히 잡을 수 없는 새는 없다고, 옛날에 아버지는 가르쳐주셨죠.

"현재는 미모의 컴퓨터 해커가 007의 본드걸인 걸로 알고 있는데."

나는 그 말에 수긍할 수 없었습니다. 그 여자는 손톱이 긴데 어떻게 해커일 수 있어요. 해커를 직접 만난 일은 없지만, 그들은 일분일초를 다툰다고 누구나 알고 있잖아요. 그렇게 손톱이 긴데 무슨 수로 컴퓨터 자판을 빨리 두드릴 수 있겠어요? 그 여자가 해커라는 말은 거짓일 수 있어요. 어쩌면 해커로 가장한 이중간첩일 수도 있다는 의심을 M은 왜 못 해보는 걸까요. 스파이라면 깎아버린 손톱도 주워서 확인해봐야 하는 것 아닌가요?

"그렇겠지요. 본드걸은 매번 바뀐다니까요. 다음번엔 또 누가 본드걸이 될지 모르는 거잖아요? 하지만 저는 받아들일 수 없어

요. 007이 건재한 이상 저도 본드걸로, 아니 스파이로 계속 활동
해야겠어요. 저는 007보다 훌륭한 스파이가 될 수 있는데, 왜 폐
기처분되어야 하죠?"

"……"

"저는 스파이가 되기에 충분한 능력을 갖고 있다고 생각해요.
물론 훈련이 필요하겠지만, 조금만 받으면 돼요. 이곳에선 어쨌든
스파이가 필요하잖아요. 저는 스파이가 되기에 충분한 지적 능력
과 체력을 갖고 있다고요. 예전엔 '21세기무협연구소' 연구원으
로 일했고, 텔레비전 퀴즈쇼에 나가서 2관왕을 했고, 어릴 땐 도
장을 하시던 아버지에게서 각종 무술을 배웠어요. 당구도 제법 잘
치고, 영어도 할 줄 알고……"

"그래서?"

"저를 받아주지 않으신다면 저도 가만있지 않을 거예요. 제가
쓴 일기와 007의 섹스 동영상을 심부름센터에 맡겨놓았거든요.
제가 일주일 안에 연락하지 않으면 그걸 〈주간 파파라치〉랑 〈월간
찌라시〉에 보낼 거예요. 이런 성적 공갈을 스파이들은 '꿀단지 작
전'이라고 하던가요?"

나는 긴장하고 있다는 것을 감추기 위해 미소를 지었지요. 입꼬
리를 들어올리는 미소는 어떤 상황에서든 훌륭한 가면이 되어주
어요. 나는 얼떨결에 즉흥적인 거짓말까지 한 거지요. 섹스 동영
상도 캠코더를 살 수 있는 형편에나 가능한 일이잖아요. 하여튼

밤마다 스파이 관련 도서를 읽은 건 유용한 일이었어요.

"협박치곤 엉성하군. 요즘 젊은 친구들은 재미있어."

M의 표정에는 여전히 변화가 없었어요. 재미있다고 말하긴했으나 재미있어하는 표정이 아니었지요. 나는 그처럼 포커페이스를 갖고 있는 사람이 세상에서 제일 무섭답니다. 그러나 그에게 질 수 없었어요. 그와 대화를 나누면 나눌수록 그를 이기고 싶다는, 그를 비롯해 모두를 이기고 싶다는 욕망이 일었어요. 그게 아니라면 나 역시 그에게 인정받고 싶었던 건지도 모르죠.

"그런데 무슨 까닭으로 스파이가 되고 싶다는 거지? 스파이는 위험하단 걸 알면서."

나는 잠깐 생각을 했고, 안경 너머 M의 검은 눈동자를 바라보며 대답했습니다.

"다시는 일상으로 되돌아갈 수 없으니까요."

"아직 007을 사랑하나?"

나는 대답을 할 수 없었어요. 007을 사랑한다고 말할 수도, 사랑하지 않는다고 말할 수도, 그를 죽이고 싶다고 말할 수도 없었으니까요.

"그러면 007을 미워하나?"

나는 입을 다문 채 M의 눈을 똑바로 쳐다보았지요. 동물을 오래 키워본 사람은 살아 있는 것의 눈빛이 얼마나 자주 바뀌는지, 그리고 눈동자가 얼마나 많은 말을 대신해주는지 알 수 있어요.

나는 어릴 적 키우던 강아지 워리의 눈을 읽었듯이 M의 눈동자를 읽어보려고 했지요. 그 순간 나는 M의 눈빛이 아주 익숙하게 느껴졌고, 그의 검은 눈동자가 조금 흔들리는 것을 알 수 있었어요.

M이 나에게 던진 테스트는 다음과 같았습니다.

　　모레 아침 9시까지 정보국과 같은 블록에 위치한 술집 '어나더데이' 주인의 여권번호를 알아낼 것.

테스트를 통과하면 스파이 훈련을 받을 수 있게 해주겠다는 제안이었지요. M이 순순히 기회를 던져주다니 믿기지 않았어요. 생각보다 일이 너무 쉽게 풀려 도리어 당황스러운 느낌이었다고 할까요? 하여간 나로서는 놓칠 수 없는 절호의 기회였어요.

　나는 M에게 성공해서 돌아오겠다는 말을 남기고 부리나케 사무실을 떠났지요. 그런데 어떻게 여권번호를 알아내야 할까요?

뾰족한 방법이 생각나지 않았으므로 무작정 '어나더데이'를 찾아 갔습니다. 옛날부터 호랑이를 잡으려면 호랑이굴로 들어가야 한다잖아요. 옛말은 하나 그른 것이 없어요.

아직 해가 지지 않은 까닭에 술집 안에는 손님이 한 사람도 없었지요. 나는 어두컴컴한 구석의 탁자에 자리를 잡으려다 용기를 내어 바에 앉았습니다. 바와 주방을 왔다갔다하는 남자는 머리숱이 매우 적은 중년의 사나이였어요. 나는 그의 모습을 살펴보고 이곳 주인이 틀림없다고 단정지었습니다. 저 나이에 낡은 술집의 아르바이트생이라면 인생이 너무 우울하잖아요.

나는 돈이 얼마 없어서 국산 맥주 한 병을 시켜놓고 술집 안을 살폈어요. 진열된 양주병 사이에 초록색 여권이 끼어 있을 턱은 없지만요. 맥주를 한 모금씩 느리게 마시면서 발견한 것은 계산대 볼펜 밑에 깔려 있는 로또 한 장과 따분해 죽겠다는 주인남자의 표정이었어요.

술집주인은 자꾸만 어디론가 전화를 걸었어요. 끊어졌다 이어지고 끊어졌다 또 이어지는 전화통화에 귀를 기울이고 있노라니 그의 주변인물에 대해 많은 사실을 알 수 있었어요. 그의 형은 필리핀 밴드의 가수에게 빠져 목장을 다 날리고 지금은 남의 양계장에서 달걀을 나르고 있다지요. 아직도 필리핀 밴드의 가수를 잊지 못하는 형은 갓 나온 따뜻한 달걀을 보면 그녀에게 갖다주고 싶어 한다지요. 가수가 날달걀을 먹고 꾀꼬리 소리로 노래 부르기를 바라서가 아니라 조류독감에 걸려 죽어버리기를 바라서랍니다. 필리핀 가수가 조류독감에 걸리든 안 걸리든 주인남자는 형이 도시로 올라와 자신에게 빌붙을까봐 겁을 먹고 있어요. 그리고 주인남자의 아내는 어린이합창단 단원으로 활동하는 어린 딸을 데리고 다니며 자신이 연예인 행세를 한다지요. 남자의 아내는 어디서 나오는지 알 수 없는 돈으로 끊임없이 몸에 주사를 맞고 있다지요. 그 주사를 맞으면 몸이 호리병같이 날씬해지지만 신장이 맛이 간다지요. 주인남자는 점점 예뻐지는 호리병 아내가 계속 주사를 맞아서 보험증서만 남겨놓고 죽기를 바란다지요. 남자는 '미인박명'이란 옛말을 믿고 있어요.

맥주 한 병만 놓고 한 시간 반쯤 버티자 주인은 짜증스러운 티를 내기 시작했어요. 손님이 바에 앉아 있는데도 꿀쩍거리는 걸레로 물걸레질을 한다든가 하는 짓거리였죠. 나는 그것에 굴하지 않고 서비스 안주로 나온 강냉이를 세 번이나 더 달라고 했고, 술집 주인이 전화에 정신 팔려 있는 사이 카운터 한쪽에 놓여 있는 E신용카드 고지서 봉투에서 그의 이름을 알아냈어요. 그의 이름은 강내휘였어요.

나는 주인남자가 화장실에 가기를 기다리고 있었지요. 하지만 그는 좀처럼 자리를 떠나지 않았어요. 아마도 방광이 소 오줌보만큼 큰가보지요. 삼십 분쯤 더 앉아 있다가 자리에서 일어나려는데 휴대전화가 울려왔어요. 혹시 007의 전화가 아닐까 싶어 얼른 전화기를 꺼내들었으나 언니였어요.

"너 어디 간 거니? 빨리 들어와."

"나 갈빗집 그만둘 거야. 형부를 따라서 채식주의자가 돼볼까 해."

나는 M이 준 테스트를 통과할 자신이 생겼던 거예요. 뚜껑을 딴 지 오래되어 맥주인지 오줌인지 분간하기 곤란할 정도로 미지근해진 맥주를 마시는 동안『할 수 있다 — 새내기 스파이 가이드북』에서 읽었던 내용이 떠올랐던 거지요. 요즘 가이드북에는 안 적혀 있는 것이 없어요.

"맥주 한번 오래 마시네. 김이 빠져서 무슨 맛."

술집 주인은 천원짜리 세 장을 받으면서 빈정거리는 투로 말했습니다. 나는 술집에서 나오면서 길가에 세워져 있는 자동차를 살펴보았어요. 그리고 그 길로 언니의 갈빗집에 들렀지요. 갈빗집 옆에는 형부의 자동차가 세워져 있고, 자동차 콘솔박스에는 주차위반 딱지가 구겨져 있었거든요. 나는 그것을 집어다가 갈빗집 옆 세탁소에 가지고 가 다리미로 잘 펴달라고 부탁했어요. 주차위반 딱지에는 작년 날짜가 찍혀 있었지만, 한눈에 새것과 달라 보일 정도는 아니었답니다.

나는 주차위반 딱지를 가방에 넣고 다시 '어나더데이'에 갔어요. 이번에도 맥주 한 병을 시켰지요. 주인남자는 이 질긴 여자가 뭐 하러 또 왔지? 하는 표정으로 맥주를 내놓았어요. 이번에는 맥주를 단번에 마시고 삼천원을 내면서 주인에게 말했지요.

"그런데 아저씨, 밖에 세워져 있는 차, 아저씨 거 맞아요? 아까
보니까 주차위반 딱지 붙어 있던데."

술집 주인이 득달같이 달려나간 것은 말하지 않아도 되겠지요.
나는 그가 자리를 비운 틈에 카운터 위에 있던 그의 휴대전화를
집어들고 내 번호로 전화를 걸었습니다. 남의 물건에 손을 대고
있노라니 겁이 나서 가슴이 뛰었지요. 퀴즈쇼 무대에서 마지막 문
제를 듣던 순간처럼요. 하지만 스파이가 되려면 쉽게 겁을 먹어선
안 되겠기에 마음을 다잡았어요. 벌써 중대한 임무를 띠고 국경을
넘는 스파이가 된 기분이었어요.

이로써 내 휴대전화에는 술집 주인의 전화 번호가 수신번호로
남았습니다. 그의 휴대전화 발신번호 목록에서 내 전화번호를 삭
제하는 것을 잊지는 않았어요. 좀더 일을 쉽게 하고 싶었다면 그의
자동차 타이어에 구멍을 뚫는 방법을 쓸 수도 있었겠지요. 하지만
나는 가난한 술집 주인에게 피해를 주고 싶지 않았답니다. 스파이
의 임무가 정의롭다고 해서 정의롭지 못한 수단으로 사건을 해결
하는 건 바람직하지 않은 일이잖아요. 나는 주차위반 딱지가 가짜
라는 것이 밝혀지기 전에 재빨리 밖으로 나갔어요.

한 시간쯤 흐르자, 나는 공중전화로 술집주인의 휴대전화에 전
화를 걸었어요. 가능한 한 사무적인 목소리로 위장을 했지요.

"여보세요. 강내휘 고객님이십니까? E카드에서 전화드렸습니

다. 지난달 카드 사용 고객 중 총 다섯 분을 추첨하여 코끼리여행사의 태국 여행 상품을 무료로 보내드리게 되었습니다."

"뭐야? 여행을 보내준다고? 공짜로?"

"예, 다섯 분을 추첨하여 부부동반 삼박사일, 환상의 방콕·파타야 여행을 보내드리게 되었습니다."

"진짜 돈 드는 것 없어요?"

갑자기 술집 주인의 말투가 공손해졌지요.

"예, 그렇습니다."

"부인 말고 애인이랑 가도 되나요?"

"예, 상관없습니다. 고객 일인당 특급호텔의 이인실이 제공됩니다."

"언제 가는 거죠?"

"다다음주 화요일입니다. 그 날짜에 출국이 곤란하시면 다른 고객에게 기회가 돌아갑니다."

"아닙니다. 갈 수 있어요. 그럼, 어떻게 하면 되죠?"

"이메일을 알려주시면 여행사에서 일정표를 보내드릴 겁니다. 여권은 있으시죠? 함께 떠나실 분과 고객님의 여권번호, 여권기한, 여권에 적혀 있는 영문 이름을 알려주시면 바로 예약을 하겠습니다."

"여권은 집에 있는데?"

"예, 그러시면 여행사의 일정표를 받아보시고, 답신메일에 적어서 보내주시기 바랍니다."

"아, 감사합니다. 당장 보내드릴게요."

나는 냄새나고 컴컴한 술집에 넌더리가 난 그에게 며칠 동안만
이라도 기쁨을 주고 싶었어요. 거짓일지라도, 로또에 당첨되는 것
만큼 신나는 일이 생기게 해주고 싶었던 거지요. 여행은 일상에
지친 사람을 들뜨게 해주니까요. 여행은 떠난 뒤보다 떠나기 전이
더 행복한 법이잖아요.

　원숭이골, 종달새심장, 나비더듬이, 개구리눈.

　이건 스파이 교육을 받는 네 사람을 부르는 이름입니다. 우리 4인조에겐 아직 007과 같은 살인번호가 주어지지 않았고, 앞으로도 살인번호가 주어질지 아닐지 알 수 없고, 그러므로 암호명이 필요했던 겁니다. 원숭이골과 종달새심장은 이십대 후반의 남자, 개구리눈은 스무 살의 청년. 그러면 나비더듬이는 당연히 나, 미미겠지요.

　4인조는 커다란 굴뚝이 달린 공장건물에서 스파이 교육을 받았습니다. 공장은 과거에 아침부터 저녁까지 성냥을 찍어냈으나 문을 닫은 지 오래라지요. 지금은 성냥으로 불을 붙이는 사람이 거의 없으니까요. 공장과 그 마당에는 우리들이 교육을 받는 강의실과 숙소, 식당, 사격장, 체육관 등이 엉성하게 꾸며져 있었습니다. 난교가 벌어지는 사드 소설의 회색 성 혹은 탈옥을 꾀하는 죄수들이 수용되어 있는 교도소를 닮은 음침한 곳이었어요.

며칠간 여러 차례의 필기시험을 치른 뒤 '오리요리 전문 배나무집' 상호가 찍혀 있는 봉고차를 타고 공장에 도착한 첫날, 나는 스파이 교육을 받을 사람들이 네 명밖에 되지 않는다는 사실에 놀랐답니다. 함께 교육받을 사람들이 대기업 신입사원 연수생들 숫자 정도는 될 것으로 기대한 탓이지요. 비밀이지만, 퀴즈쇼에서 우승할 만큼 박학다식한 나도 입사시험에 마흔 번 떨어진 경력이 있답니다. 그러다보니 나는 신입사원 연수에 대해 약간의 환상을 갖게 되었어요. 한번은 신입사원 연수를 갔다가 바둑이에게 물려 입사가 취소되는 퍽 억울한 꿈을 꾸기도 하였지요. 대기업 신입사원 연수에 참여하면 그곳에서 상냥한 청년을 만나 연애를 시작할 수도 있을 것 같았어요. 그것이 충분히 가능한 이유는 대개의 회사에는 여자보다 남자 신입사원이 많기 때문이지요.

폐쇄된 공장 마당의 소나무 밑에서 껌을 씹고, 스포츠신문을 읽고, 이어폰으로 음악을 듣는 남자들의 모습은 몹시 당황스러웠습니다. 스포츠신문을 들고 있는 남자는 신문지로 얼굴을 가리고 있어서 어떻게 생긴 인물인지 알 수 없었으나 아래위로 청색 트레이닝복을 입은 모습에 호감이 생기지 않았어요. 나중에 그가 원숭이골이라는 암호명을 받게 된 것도 우연이라고 만은 할 수 없는 일이었죠. 나는 그를 교육생으로 뽑은 자의 안목이 심히 의심스러웠습니다. 스파이의 필수조건은 사람을 끄는 매력이 아닐까요? 원숭이골 같은 자의 작전에 넘어갈 사람이 어디 있을지 내가 먼저 보고 싶습니다.

가지부터 말라가는 늙은 소나무 밑에는 낡은 팔각성냥갑 몇 개가 굴러다니고 있었어요. 갑자기 공장 굴뚝의 뿌연 연기가 기관지를 덮은 것처럼 가슴이 답답했습니다. 그러나 나는 스파이가 될 수 있다면 어떤 어려움도 이겨내리라 마음을 다잡았지요. 처음에는 이것이 과연 내 길인가 싶은 불안한 마음도 들었으나 날이 갈수록 스파이만이 나의 천직이라는 확신이 들었습니다. 본드걸에게는 본드걸에 걸맞은 일이 필요해요. 나는 다시 '21세기무협연구소'로 되돌아갈 수도 없고, 갈빗집 카운터에서 여생을 보내고 싶지도 않아요. 인생은 후진하는 것이 아니라 전진하는 것이어야 해요.

4인조가 육 개월간 기본적으로 습득해야 할 것은 사격술이나 격투기 외에도 무수히 많았습니다. 비밀문서를 몰래 복사하는 방법, 부비트랩이나 클레이모어지뢰 같은 폭발물을 다루는 기술, 도청하는 법과 도청장치 탐지기를 사용하는 법, 마이크로도트 등으로 메시지를 숨기는 스테가노그래피(steganography), 미행을 눈치채고 따돌리는 요령, 일회용 난수표로 메시지를 읽는 법, 컴퓨터 패스워드를 알아내기 위해 키보드에 키로거*를 설치하는 기술……

지금은 스파이계를 떠났다는 흰머리 강사는 교육 첫 주에 배반술과 상대의 심리를 교묘히 이용하는 법에 대해 가르쳐주었지요. 그러나 정작 배반술을 가르치는 그는 중립국에서 적국의 외교관을 배반하려다 도리어 배반을 당해 추방당한 사람이랍니다.

그는 냉철한 스파이였으나 긴장된 임무를 앞둔 밤이면 꼭 나이트클럽 청소원인 옛 애인의 집으로 국제전화를 걸어 "도라지위스키를 마시고 싶다. 언젠가 모든 일이 끝나면 함께 벵골로 떠나자"고 말하곤 했다지요. 적국의 외교관은 옛 애인의 전화를 도청하고 있었기에 음모를 예상할 수 있었고, 배반을 당하는 대신 배반을 할 수 있었답니다. 옛 애인이 자신을 배신한 줄로 오해한 흰머리 강사는 추방당한 날에 머리가 하얗게 세어버렸고, 지금까지도 오해를 풀지 못해 벵골로 떠나지 못하고 있다지요. 옛 애인은 아직도 나이트클럽 무대를 물걸레질하고 있고요. 물론 이 모든 이야기는 소문에 능통한 원숭이골에게서 들은 것이기에 진위를 확인할 수 없지만 말입니다.

배반을 당해 이곳에 오게 된 내가 스파이 교육을 받으러 오자마자 배반하는 법부터 배우게 되었으니 얼마나 아이러니한 일인가

---

* 키로거(keylogger) : 키보드 입력 내용을 가로채 정보를 빼내는 프로그램.

요. 나는 집중을 해서 강의를 들으려고 했지만, 머릿속이 산만하여 강사의 쉰 목소리가 귀에 잘 들어오지 않았어요. 나도 배반당하는 역할이 아니라 배반하는 역할을 맡고 싶었어요.

칼라에 때가 낀 흰 셔츠를 입고 있는 가련한 흰머리 강사는 소갈증에 걸렸는지 환타와 물에 빨대를 꽂고 번갈아가며 마셔댔습니다. 그는 우리들에게 슬라이드로 그림 한 장을 보여주었어요. 그리곤 물었지요.

"이 그림을 압니까?"

"에셔의 서클 리미트. 원의 극한입니다."

나는 텔레비전 퀴즈쇼 2관왕답게 냉큼 대답을 했어요. 다른 교육생들에게 지지 않기 위해 적극적일 필요가 있으니까요. 흰머리 강사는 고개를 끄덕이고, 그림에 대해 설명을 해보라고 했지요. 나는 그림 속에 그려진 것은 천사이기도 하고, 악마이기도 하다고 대답을 했습니다. 보는 사람에 따라서 천사가 될 수도 있고, 악마가 될 수도 있다고요. 흰 머리 강사는 역시 만족스러운 표정으로 고개를 끄덕였어요. 그는 환타를 빨대로 빨아마신 뒤 질긴 고기라도 씹은 양 이쑤시개로 송곳니 사이를 쑤셨지요. 그럴 때 그의 표정은 털이 빠진 승냥이같이 비루하면서도 잔인해 보여요.

"이 그림을 잊지 마세요. 스파이란 존재는 이런 겁니다. 완전한 선도 아니고, 완전한 악도 아니에요. 선이면서 악이고, 빛이면서 어둠입니다. 그러나 그것을 스스로 결정할 수 없지요. 스파이의 운명은 거의 타인의 시선에 의해 결정지어집니다. 선이든 악이든 어떤 모습으로든 자신의 길을 걷길 바랍니다."

나는 지금이라도 그가 옛 애인에 대한 오해를 풀고 그녀와 함께 뱅골로 떠나길 바라지만, 그의 오해를 풀어줄 수는 없어요. 어쩌면 그는 오해를 하고 싶어서 하는 걸지도 모르지요. 그는 실패를 스스로 인정하고 싶지 않아서 자신의 잘못을 옛 애인에게 뒤집어씌우고 있는지도 몰라요. 그는 불행을 자초하고 있는 셈이지만, 그의 자존심은 차라리 외로운 편을 택하라고 검은 목소리로 그에게 속삭이겠지요. 그는 스파이에게 지급되는 연금을 꼬박꼬박 적금통장에 부으며 자신의 과거를 모르는 롤리타와 뱅골로 떠나는 꿈을 꾸고 있을지도 몰라요.

나는 함께 교육받는 남자들에게 지지 않으려고 강의가 끝나고 난 뒤에도 혼자 사격연습을 했습니다. 종달새심장은 폭발물과 약품을 처리하는 데 남다른 재능을 보였고, 원숭이골은 암호문을 작성하고 해독하는 데 뛰어났지요. 개구리눈은 왜 스파이 학교에 들어왔는지 알 수 없는 음울한 소년이었어요. 그들 3인을 이기지 못한다면 007도 이길 수 없을 것이므로 나는 매순간 최선을 다했습니다. 나로 말하자면 타고난 본드걸이었으니 최고의 스파이가 되지 못하란 법도 없겠지요. 나는 007의 후회 어린 사과를 기다리기보다 기관총을 들고 그 앞에 설 작정이었어요. 그와 동등하게 살인면허를 받은 한 사람의 스파이로서.

그러나 어쩌면 스파이라는 직업은 내가 상상한 것과 다를지도 모르겠습니다. 원숭이골은 나에게 스파이에 대한 환상일랑 일찌감치 버리라고 말을 했지요. 대기업 사원으로 일을 하다가 격무와 야근에 질려 그만두었다는 그는 점심을 먹다가도 심심하면 불평을 늘어놓기 일쑤였어요. 원래 반찬타박을 하는 사람치고 불평이 적은 자가 없습니다.

"실상 스파이는 사양산업 종사자야. 그나마 월급이 꼬박꼬박 나오고 조기퇴직이 없다는 게 좋은 점이지. 참, 퇴직을 하고 나도 연금이 있으니 노후가 안정적이고."

밥을 입에 물고 말을 하는 것 역시 원숭이골의 역겨운 버릇입니다.

"스파이가 사양산업이라니?"

"것도 몰라? 위성으로 정보를 수집하는 21세기잖아. 제트테러리즘시대에 스파이가 대체 뭘 할 수 있겠어? 그렇다고 스파이를 안 뽑을 수도 없으니 뽑아 가르치긴 하는 것 같은데 뭐에 써먹을까 몰라. 그냥 쪽수나 맞춰주고 조용히 지내는 게 상책이지. 난 내근을 지원해서 평생 사무실에서 빈둥거릴 테야."

"근데 유리창이 떨리는 걸 분석해서 안에서 나눈 대화 내용을 추적한다는 게 사실이야? 컴퓨터가 사람 잡아먹는 세상이 된 건 아닌지 몰라."

원숭이골의 말에 미역국을 떠먹고 있던 종달새심장도 알은체를 했지요.

"하지만 과학 장비가 알아낼 수 없는 걸 사람이 알아낼 수도 있 잖아. 조지 부시와 아베 신조의 머릿속에 무엇이 들어 있는지 CT촬 영으로 알아낼 수 있겠어?"

나는 원숭이골과 종달새심장의 대화에 완전히 수긍할 수는 없 었어요. 시대가 바뀌어도 스파이는 스파이입니다. 스파이는 고대 그리스 시대에도 존재했고 삼국시대에도 있었습니다. 그리고 21 세기에도 필요할 겁니다. 신문사의 꽃이 경찰 기자, 일명 '사스마 와리'인 것처럼 정보국의 꽃도 슈퍼컴퓨터가 아니라 실전에 투입 되는 스파이일 거라고요.

"결국 틈새시장을 노리겠다는 거군그래. 나비더듬이는 부지런 하니까 잇새에 낀 찌꺼기를 청소하는 악어새가 되어봐."

나는 그토록 잘 아는 사람이 무엇 하러 이곳에 왔느냐고 면박을 주려고 했으나 그럴 수가 없었습니다. 왜냐하면 원숭이골이 나보 다 먼저 밥을 먹고 일어나버렸으니까요. 어쩌자고 남자들은 그렇 게 밥을 빨리 먹는 건지 알 수 없었습니다. 남자들은 마음이 급해 서 밥도 빨리 먹어버리고 사랑도 빨리 해버리는 것이겠지요. 대개 의 남자들이란 여자보다 먼저 사랑이 식어버리곤 해요. 그들은 도 대체가 느림의 미학을 몰라요.

안 그래도 반찬이 도라지생채, 조기구이, 치킨너겟인데다 밥맛 까지 떨어져 그만 젓가락을 놓고 싶었어요. 나는 도라지와 조기와

닭을 잘 먹지 않는단 말이에요. 이렇게 기피하는 식품들이 조합을 이루어 식판에 놓이기도 힘든 일이죠. 그렇다고 해서 내가 퇴락한 스파이의 신세를 대변하듯 보잘것없는 반찬을 타박하는 것은 아닙니다. 그저 약간의 편식일 따름이죠. 나는 식당 아주머니에게 간장과 참기름을 달라고 해서 반 남은 밥을 간장에 비벼 먹었어요.

원숭이골의 말대로 스파이가 사양산업에 종자돈을 붓는 일일지라도 나는 상관이 없었어요. 거문고를 타는 악사가 없다 해도 공들여 거문고를 만드는 늙은 장인이 필요한 것처럼 이 세상이 존재하는 한 어둠 속에 서 있을 스파이는 필요할 거예요. 나는 세파에 쉽게 흔들리지 않아요. 다만 지금은 순대가 먹고 싶을 뿐이지요. 더운 김이 올라오는 순대와 보송보송한 돼지간을 먹고 싶을 뿐이지요. 돼지간을 먹으면 시력이 좋아진다던데 그러면 총을 더 잘 쏠 수 있지 않겠어요? 옛날옛날 중국에서는 간을 먹으면 힘과 용기가 생긴다고 했다지요. 하지만 원숭이골의 말대로라면 스파이가 총을 쏠 일도 별로 없겠군요. 위성을 둥둥 띄워 적국의 기밀을 알아내는 세상에 총을 들고 침투할 일이 과연 있을까요.

　고동색 벽돌로 지어진 성냥공장은 짐작보다 넓고 구조가 복잡
했습니다. 한번은 저녁식사를 마치고 공장 이층을 돌아다니다가
길을 잃어버릴 뻔하기도 했지요. 아무 특징 없는 어두컴컴한 복도
는 오래된 수도원의 미로같이 이어져 있었어요.
　성냥공장 일층의 강의실, 숙소, 식당과 공장 바깥 건물의 사격
장, 체육관에서 주로 생활하던 4인조는 공장에서 교육을 받은 지
한 달 만에 공장 이층에 위치한 연구소를 알게 되었습니다. 이층
214호 문을 열고 들어가면 커다란 화초장이 있고, 화초장 문을 열
고 들어가면 천장이 낮은 복도가 나오는데, 복도를 따라가다가 왼
쪽 벽에 걸린 대형 벽시계를 밀면, 커다란 원형 홀이 나온다지요.
바로 그 홀이 연구소랍니다. 성냥공장 안에서 생활하는 사람은 4인

조뿐인 줄 알았는데, 그게 아니었던 거지요. 연구소에서 일하는 사람들이 어떤 문으로 들어가고 나가는지는 알 수 없어도 연구소가 존재한다는 사실은 틀림없는 모양이었습니다.

"원숭이골은 연구소로 들어가는 문을 어떻게 알아냈지? 화초장 속에 들어가 보물이라도 찾았나? 아니면 몽유병에 걸려 헤맸던 걸까?"

종달새심장이 내 귀에 대고 살짝 말해주기를, 몰래 애인을 데리고 들어온 원숭이골이 214호에서 섹스를 하다가 애인의 신음소리를 막으려고 둘이 한 몸인 채로 화초장 안으로 기어들어갔는데, 거기서 우연히 입구를 발견했다지요.

성냥공장 책임자인 공장장 멧돼지 교관은 성냥공장 이층의 연구소가 심리학 연구소라고 변명했습니다. 스파이 교육의 많은 부분을 인간 심리를 이용하는 기술에 할애하고 있으니 심리학을 연구하는 방이 따로 있을 법도 하지요. 그러나 연구소가 그렇게 꼭꼭 숨어 있는 이유는 알 수 없어요. 진작 심리학에 능통했더라면 007의 거짓놀음에 넘어가지 않았을 텐데, 무척 억울한 일이로군요. 그렇지만 달리 생각하면 007을 만났기에 스파이로 다시 태어나게 되지 않았던가요. 모든 일은 다 생각하기 나름이에요.

교육 삼 개월째 월요일, 나는 개구리눈과 한 조가 되어 서바이벌 게임에 참여했습니다. 서바이벌 게임이 현실적으로 얼마나 효과가 있는지는 의문이지만, 이것은 스파이 교육과정에서 빠질 수

없는 오랜 전통이라지요. 이 게임을 통과하고 나면 교육의 반은
끝낸 셈이라니까요.

공장의 넓은 지하는 어둡고, 곳곳에 장애물이 숨어 있는 미로가
만들어져 있었어요. 나와 개구리눈은 경쟁자인 원숭이골-종달새
심장 조보다 더 빨리 미로를 통과해야 했지요. 미로를 통과하기
전까지 포획되거나 암살당하지 않는 것도 중요했어요. 나는 매사
에 무기력하고 느려터진데다 나이도 어린 개구리눈과 한 조가 된
것이 걱정스럽긴 했습니다만, 원숭이골과 생사를 함께하지 않아
도 된다는 것만으로도 다행스러웠어요. 늘 배반을 꿈꾸는 사악한
파트너에게 생존을 기대기보다는 죽음을 맞는 편이 낫다고 믿으
니까요. 어떤 파트너는 제가 살기 위해 같은 편을 희생시키기도
하잖아요. 그러고 보면 가장 무서운 건 역시 가장 가까운 사람이
로군요.

원숭이골-종달새심장은 담배를 한 대 피운 뒤 월터 PPK 한 자
루씩을 들고 서바이벌 게임장 입구로 들어갔어요. 나는 그들을 보
면서 담배를 배우지 않기를 참 잘했다고 생각했어요. 애연가라면
반드시 담배를 태워야 하는 결정적 순간에 갖고 있는 담배가 없으
면 어떡하겠어요. 담배든 가족이든 애인이든 연연할 것이라면 만
들지 않는 편이 좋아요.

나와 개구리눈은 원숭이골-종달새심장이 게임을 시작한 지 정
확히 이십 분 뒤에 게임장 안으로 들어가게 되어 있었어요. 게임

장 구조가 어떻게 생겼는지, 어떤 장애물과 무기가 우리를 공격하는지에 대한 사전지식은 주어지지 않았지요. 단지 지하 게임장이 성냥공장 건평보다 더 넓다는 사실만을 알고 있었어요.

"개구리눈, 우리 곧 입장을 해야지? 신랑 신부 입장하는 기분이 어때?"

우리는 군장이 아니라 말끔한 신사 숙녀 차림을 하고 있었거든요. 우리들은 정통파 스파이를 추구하는 교육생답게 정장 차림을 하고 있었어요. 물론 나는 통이 넓은 바지 정장에 굽이 거의 없는 플랫슈즈를 신고 있었지요.

개구리눈은 대답이 없었어요. 나는 초초한 마음으로 장비담당 Q가 만들어준 손목시계를 내려다보았지요. 손목시계는 만인이 아는 것같이 각종 기능을 소유하고 있는 만능시계였으나 그것에도 나름의 단점은 있었어요. 너무 기능이 많아서 위태로운 때에 적확한 기능을 떠올리기 어렵다는 점이었지요. 때론 많은 것이 적은 것만 못할 때가 있어요. 나는 어떤 상황이 닥치든 무조건 앞으로 전진해야겠다는 생각을 했지요.

"누나, 만약 어디로 가야 할지 모르겠으면 내 뒤를 따라와요."

대체 무슨 생각으로 자신을 따라오라는 건지 알 수 없지만, 개구리눈은 나보다 한발 앞서 서바이벌 게임장 안으로 들어갔습니다. 게임장 안으로 뛰어들어가자 빛은 사라지고 어둠이 가득했지요. 빛이 사라지자 움찔했으나 나는 움츠러들지 않았어요. 어둠은 죽음을 닮았고, 죽음을 닮았기에 나를 강하게 만들어주어요. 어둠을, 죽음을 느낄수록 내 심장은 강철처럼 단단해지고 이런 순간 비로소 살아 있다는 것을 느끼죠.

나는 동굴 안에서 길을 찾아 내달렸습니다. 눈동자는 조금씩 어둠에 익숙해졌지요. 간혹 동굴 두 개가 입을 벌리고 있을 때에는 개구리눈의 뒤를 따라 달렸습니다. 어느 동굴로 들어가야 하는 걸까, 하는 고민은 하지 않았어요. 왜냐고요? 어느 것이든 좋은 동굴은 없을 테니까요. 어느 곳으로 들어가든 위험은 도사리고 있을 게 틀림없으니까요. 어느 동굴은 좋고 어느 동굴은 나쁜 경우는 없을 겁니다. 모두가 우리의 인생처럼 적당히 나쁘겠지요.

동굴을 빠져나오자 긴 구름다리가 놓여 있었어요. 구름다리에 오르려 할 때 강시인형들이 튀어나와 우리를 공격했어요. 나는 재킷 윗주머니에서 가장자리를 뾰족하게 갈아놓은 바둑알을 꺼내 인형들에게 뿌렸지요. 나는 어릴 적 아버지에게서 이른바 '다마치기', 그러니까 구슬 던져서 맞추는 기술과 쟁반 날리기 비법을 전수받았기에 바둑알을 세게 던지는 데 일가견이 있어요. 작은 바둑알이라고 별것 아니라 생각하지 마세요. 바둑알에 급소를 맞아서 숨통이 막히거나 성불구가 되는 수도 있어요. 옛날에 강호의 협객들은 주판, 밥솥, 곰방대, 저울추, 바늘, 낚싯대, 붓, 우산, 부채, 아쟁, 젓가락, 기타 등등을 전천후 무기로 사용했다잖아요. 스파이용 특수 만년필이나 우산도 그러고 보면 다 역사적 유래가 있는 셈이에요.

나는 강시들을 해치우고 나서 구름다리를 건넜어요. 아래쪽을 내려다보지 않으려 애쓴 건 약간의 고소공포증이 있기 때문이지요. 몸의 무게가 두 팔에 팽팽하게 전해오자 내 존재의 무게가 온전히 느껴지더군요. 인간은 역시 관념적인 것보다 물질적인 것에 약한가봐요. 고통은 늘 책보다 한 수 앞선 가르침을 주곤 하지요.

나는 있는 힘을 다해 빠르게 구름다리를 지나갔어요. 구름다리 아래로 떨어져 상어 밥이 되고 싶지 않았거든요. 발밑의 검은 물줄기 위로 지느러미를 드러낸 상어떼가 진짜인지 가짜인지는 중요하지 않았습니다. 적인지 아닌지 알 수 없어도 위험한 순간은 무조건 피하고 보는 게 스파이의 제1원칙이니까요. 스파이에겐 모든 게 실전이에요. 연습이란 허용되지 않는 법이죠.

죠스 지느러미가 요리조리 왔다갔다하는 물 위를 지나 암벽을 타고 올라갔고, 암벽 아래로 내려가자 커다란 그물이 개구리눈과 나를 한꺼번에 덮쳐왔어요. 우리는 시계에서 톱니를 빼내 재빨리 그물을 찢고 튀어나왔지요. 별안간 흐릿한 조명마저 꺼지고 완전한 어둠이 찾아왔어요. 입구라고 짐작된 쪽으로 개구리눈보다 한 발 먼저 뛰어들어가자 왼편에서 작렬하는 총소리가 들려왔지요. 나는 반사적으로 총을 쏘면서 앞으로 나아갔습니다. 커다란 홀 안에는 개구리눈과 내가 아직 살아 있고, 적들은 어느 곳에서 튀어나올지 알 수 없었지요. 나는 내가 대숲으로 쏟아지는 활을 피하며 날아가는 무사라고 상상했어요. 총소리가 두렵지 않았어요. 나는 개구리눈의 엄호를 받으며 오른쪽으로 달려갔어요. 나는 날갯짓하는 나비, 창공으로 날아오르는 매, 어쩌면 이 모든 소음이 헛것일지 모른다고 생각했지요. 혹시 나는 아주 길고 긴 꿈을 꾸고 있는지도 몰라요.

"배와 머리에 비비탄을 맞은 사람은 원숭이골. 오른팔에 빨간 토마토즙을 맞은 사람은 종달새심장. 왼쪽 어깨에 불가사리가 붙은 사람은 개구리눈. 바지에 불이 붙은 사람은 나비더듬이. 아, 그리고 종달새심장은 배낭에 구멍이 뚫렸고, 나비더듬이는 발목이 삐었다고."

성냥공장 공장장 멧돼지 교관은 서바이벌 게임의 결과를 일목요연하게 정리해주었습니다. 먹물 빠진 오징어처럼 지쳐버린 우리는 아무 말 하지 않고 저녁식사로 삶은 돼지고기를 먹었지요. 새우젓에 찍어 입에 넣은 삶은 고기는 무척 고소했어요. 맛있었어요. 나는 내 앞에 놓인 죽은 돼지의 살점을 뜯으며 내가 살아 있다는 사실을 절감했어요. 형부를 따라 채식주의자가 되어보려고도 했으나 나로서는 불가능했어요. 나는 다른 생명의 살점을 씹으면서 일종의 쾌감을 맛보거든요. 타자의 죽음만큼 나의 살아 있음을 명징하게 확인시켜주는 것은 없지요. 연습이라 할지라도 삶과 죽음 사이를 오가는 일은 어려워요. 이런 잔혹한 과정이야말로 우리를 좀더 잔인하게 변화시켜주겠지요.

서바이벌 게임을 마치고 나자 하루 동안의 휴식이 주어졌습니다. 나는 오전에 성냥공장 밖 읍내로 나가 침을 맞고 돌아왔지요. 의무실의 할머니 간호사는 물파스만 발라주었지 침을 놓을 줄 몰랐거든요. 할머니 간호사는 "예언자는 자기 고향에서 받아들여지지 않고, 의사는 자신을 아는 이를 고치지 못한다"*고 내뱉은 뒤 두꺼운 책으로 얼굴을 덮고 도로 잠이 들어버렸어요.

읍내 한의원의 한의사는 침을 놓으면서 어떻게 하다가 발목을 삐었냐고 묻지 않겠어요? 그래서 나는 성냥공장 뒤편의 골무산에 올라갔다 그리 되었다고 대답했지요. 한의사는 나의 미모에 반한 모양으로 자꾸 말을 시켰어요. 산에는 무얼 하러 올라갔냐고 또 묻지 않겠어요. 나는 일제가 골무산에 박아놓은 쇠말뚝을 뽑으러 올라갔었다고 말해주었지요. 그러자 그는 골무산에 전쟁중 괴뢰군이 심어놓은 지뢰나 불발탄이 있을지 모르니 조심하라고 일러주었어요. 그러고는 나보고 민족 정기를 되찾는 일은 참 좋은 일

---

* 도마복음 31절 차용.

이라며 아름다운 사람일수록 아름다운 일을 해야 한다고 말을 하지 않겠어요? 그는 침 놓은 값을 받지 않았어요.

　나는 한의원에 다녀오는 길에 출입구에 먼지가 뿌옇게 앉은 빵집으로 들어가 빵을 샀습니다. 원래 교육생은 돈을 소지할 수 없지만 병원비 명목으로 돈을 약간 받았거든요. 나는 친절한 한의사 덕분에 고스란히 남은 돈으로 소보로빵 열 개를 사서 일곱 개는 내 방 옷장 속옷 밑에 넣고 세 개는 개구리눈의 방으로 들고 갔어요. 개구리눈은 침대 위에 걸터앉아 카드 점을 보고 있더군요.

　개구리눈은 눈이 맑은 청년, 아니 소년입니다. 007에게도 저런 시절이 있었겠지요. 그러나 지금은 나쁜 물이 들어서 영악하기만 한 스파이 007, 나는 그를 저주합니다. 아니, 저주까지는 아니고 미워합니다. 그가 적의 총에 맞아 그 자리에서 죽기를 바랄 정도로 미워하지는 않고, 부상을 당해 일 년 동안 침대에 누워 욕창이 생기기를 바랄 정도로만 미워합니다. 그의 등과 엉덩이가 짓물러서 진물이 흘러도 자신의 성적 매력을 자신할지 의문이로군요.

　나는 개구리눈에게 빵 한 개씩을 걸고 문제를 냈습니다. 북 코드(book code)로 사용하는 책을 가지고 숫자로 이루어진 메시지를 알아맞히는 매우 간단한 것이었지요. 북 코드로 사용한 책은 서머싯 몸의 『인간의 굴레』였습니다. 개구리눈은 강의시간에 배운 대로 메시지 세 개를 다 맞혔고, 빵 세 개를 받았어요. 개구리눈은 시골 빵집에서 빨리 팔리지 않아 이틀은 묵은 듯 보이는 소보로빵을 참 맛있게 먹었습니다. 한꺼번에 세 개를 다 먹고서야 냉수를 마셨지요.

"누나, 나는 곰보빵이 좋아요. 소시지나 치즈가 들어 있는 빵보다요."

"너도 싸구려 체질이구나. 스파이에게 헝그리 정신은 필수지."

개구리눈은 만족스러운 표정으로 배를 살살 문질렀습니다. 우리는 양쪽 벽에 기대고 앉아 한가로이 잡담을 나누었지요. 그는 내게 무슨 까닭으로 스파이가 되려 하냐고 물었습니다. 여자들은 모험을 싫어하지 않느냐고도 했지요. 나는 그의 말에 여자가 모험을 싫어한다는 것도 편견이다. 남자의 영혼만이 세상을 자유롭게 헤매고 싶은 것은 아니다, 라고 반박해주었어요.

"누나는 무섭지 않아요?"

"난 권태로운 일상을 견디는 게 더 끔찍해."

어렸을 적 읽었던 이야기 중에 내가 가장 무서워했던 건 달걀귀신이 나오는 전래동화도 아니고, 아기 잡아먹는 호랑이 얘기도 아니었답니다. 그것은 결혼 첫날밤 집을 나가버린 신랑을 늙도록 그 방에서 기다렸다는 색시 이야기였답니다. 어떻게 그 긴 세월을 꼼짝 않고 한 사람을 기다리며 보낸단 말인가요. 시간의 무게만큼 무섭도록 끔찍한 것도 없습니다. 나는 침묵 속에서 인고의 세월을 견디느니 차라리 사자의 입 속에 머리를 집어넣어 내 운을 시험하고 싶어요.

"누나, 종달새심장 얘기 모르죠?"

"종달새심장? 교육 끝나고서 미국 폭발물처리학교에 간다는 거?"

"아뇨, 그거 말고요."

"그거 말고 뭐?"

"이건 비밀인데요. 종달새심장은 누군가에게 복수하기 위해 스파이가 되려는 거예요."

"복수?"

나는 가슴이 뜨끔했어요. 내가 스파이가 되려 한 것이 꼭 복수를 위한 것이라고는 말할 수 없었지만요. 그런데 나는 정말 복수를 간절히 원하지 않는 걸까요? 연인에게 배신을 당한 뒤에 복수를 꿈꾸어보지 않은 사람이 있을까요?

"예, 살인면허를 딴 다음에 복수할 사람을 찾을 거예요."

생각해보면 종달새심장은 조금 이상한 사람입니다. 매일 밤 잠자리에 들기 전, 그는 눈꺼풀에 얇은 종이 반창고를 붙여요. 그러면 눈을 감으려 해도 눈이 감겨지지 않지요. 그는 종달새가 아니라 어항 속의 금붕어가 되어 눈을 뜬 채 잠이 들어요. 잠이 들어도 그의 충혈된 눈은 밤새 보초를 서고 있어요. 그의 주머니 속에는 각막궤양을 예방하기 위한 각종 안약과 인공눈물이 항상 들어 있다지요. 안과의사는 눈이 멀고 싶지 않으면 눈꺼풀을 제발 가만히 내버려두라고 말했다지만 그는 아랑곳하지 않아요. 성냥공장 사람들은 그의 빨간 눈을 보고 손오공의 별명을 따 '화안금정(火眼金睛)'이라 부르기도 하지요. 과거 손오공도 안질에 걸린 것처럼 흰자위에 빨간 핏발이 섰었다니까요. 시계가 열두 번 울린 뒤, 암살자가 아니라 햄릿의 아버지 유령이 나타났다가도 부릅뜬 그의 붉은 눈동자를 보면 창문 너머로 달아날 거예요.

"복수를 무척 어렵게도 하는구나. 차라리 심부름센터에 돈을 부치지."

"복수는 제 손으로 해야 제 맛이지요."

"오오, 그건 그래. 근데 종달새심장이 그렇게 말을 해?"

"아니요. 그냥 알아요."

"어떻게 그냥 알아?"

개구리눈은 아무 대답도 하지 않았어요. 그는 엉클어진 카드를 뒤섞으며 "운명을 믿어요?" 하고 묻더군요.

"운명이란 게 있다는 건 느껴. 하지만…… 넌 운명을 믿니?"

"사실 난 스파이가 되고 싶지 않았어요."

개구리눈은 내 귀에 입을 대고 아주 작은 목소리로 말했습니다. 들릴락 말락한 소리로.

"그게 무슨 소리야?"

개구리눈은 문 밖에 아무도 없는 것을 확인하고 나서 텔레비전을 크게 틀었지요. 개구리눈의 방이라고 해서 도청이 되지 않으리란 법은 없으니까요. 자고로 스파이라면 자나 깨나 엿듣는 귀를 조심해야 합니다. 가장 가까운 곳부터 살피는 것이 스파이의 법칙이니까요.

개구리눈은 텔레비전 소리보다 낮은 음성으로 이층에 있는 심리학 연구소의 우주적 활약상에 대해 이야기해주었습니다. 개구리눈이 과대망상자라거나, 교육이 너무 고되어서 머리가 어떻게 된 게 아니라면 진실이겠지요.

그의 말에 따르면 214호 화초장을 통해 들어가는 심리학 연구소는 초심리학 연구소랍니다. 초능력 연구소이지요. 그곳에서는 전국의 초능력자들을 데려다가 텔레파시, 염력, 예지력, 텔레포테이션 등을 훈련시킨다지요. 초능력자들의 능력, 즉 심령무기를 사용하여 적국의 비밀 군사시설들을 찾아내기도 하고, 적국의 잠수함을 침몰시키는 것을 연구하기도 한답니다. 초능력자들의 가능성은 은하계처럼 무궁무진하니까요.

"교육이 끝난 뒤 나는 이층에서 투시력과 최면술을 개발하게 될 거예요. 그 다음엔 최면술을 사용하는 스파이가 될 거고, 적국의 인물들을 만나서 최면을 걸게 되겠죠. 그들이 내가 최면을 건 대로 행동하길 바라요. 나는 심령전쟁에 사용되는 사이코트로닉스(psychotronics) 병기가 되는 거라고요."

"그럼 개구리눈 네가 초능력자란 말이니? 차라리 네가 개구리 왕자라면 믿겠다."

"못 믿겠다면 누나에게 최면을 걸어볼까요? 날 사랑하게 만들

수도 있는데."

"연하는 내 취향이 아니고. 그래서 어떻게 할 작정이야?"

"어떻게 하긴 뭘 어떻게 해요. 스파이가 되든지 싫으면 조용히 늪에 가라앉든지 해야죠. 처음엔 도망가고 싶단 생각밖에 안 들었는데, 지금은 이것도 운명이지 싶어요. 누나에게 사랑이 운명이었던 것처럼 내게도 이런 게 운명이겠지요. 난 결국 내가 스파이가 될 거란 걸 알고 있어요. 받아들이고 싶지 않을 따름이죠."

개구리눈은 말을 다 마치고서 텔레비전 전원을 껐습니다. 그리고 카드를 모아 한 손에 쥐었지요.

"카드 점 보실래요?"

"아니야, 다음에. 나는 점을 보지 않아. 미래가 두렵지 않으니까."

나는 그의 방을 나오면서 내게 사랑이 운명이었다는 게 무슨 말일까, 하고 생각을 했지요. 나는 개구리눈에게 007에 대한 얘기를 한 적도, 과거에 내가 본드걸이었다는 말을 한 적도 없는데 그는 무슨 근거로 그런 말을 했을까요? 그렇다면 개구리눈이 초능력자라는 게 정말 진실일까요?

나는 내 방에 돌아와 속옷 장에 넣어둔 소보로빵 일곱 개 가운데 두 개를 꺼냈습니다. 그것을 양손에 들고 종달새심장의 방으로 건너갔지요. 종달새심장은 빵 부스러기를 떼어내 새장 안의 구관조에게 먼저 먹이고, 나머지를 알뜰히 베어먹더군요. 나는 그가 빵을 씹는 모습을 바라보면서 정말 복수를 하기 위해 이곳에 들어온 사람인지 살펴보았으나 알 수 없었습니다.

"종달새심장, 당신은 좋은 스파이가 될 자신이 있어?"

"좋은 스파이? 좋은 스파이가 어디 있나. 정보를 많이 얻으면 좋은 스파이야? 오래 살아남으면 좋은 스파이야? 적에게 넘어가지 않으면 좋은 스파이야?"

나는 그의 말을 들으면서 맞다고 생각했습니다. 스파이는 경우에 따라 일부러 적에게 넘어가기도 하고, 적에게 정보를 흘리기도 해야 합니다. 애국심이 강하다고 해서 반드시 좋은 스파이가 되는 것도 아니겠지요.

"나는 좋은 스파이가 되고 싶은 생각은 없고, 그냥 최후까지 살아남는 자가 되길 원할 뿐이야."

"남을 희생시켜서라도?"

"그래. 역사는 승자의 기록이라지. 결국엔 살아남는 자가 승리하는 거고, 살아남는 자가 훌륭한 스파이가 되는 게 아냐? 어차피 우리에게 도덕은 의미 없으니까. 그런 건 개밥으로 비벼주라지."

"그건 그렇지만, 절대 선과 절대 악이란 것도 있지 않을까?"

"난 어려운 건 몰라. 그 소문 알아? M에 대한 얘기."

"M이 뭘? M과 007이 내연의 관계라는 소문?"

나는 일부러 시치미를 떼고 007의 이름을 입에 올렸습니다. M이 유난히 007을 밀어주고, 또 신임하는 것을 두고 사람들이 하는 뒷

얘기를 여러 번 들었거든요. 성냥공장 굴뚝이 소문을 뿜어내기라도 하는 듯 이곳에서는 수많은 소문이 먼지뭉치가 되어 굴러다닙니다. 007과 M을 두고 두 사람이 동성애 관계라는 소문도 있었고, M이 007의 친아버지라는 소문도 있었어요. 심지어는 007이 최음제를 만드는 비법을 가지고 있다고 떠드는 사람도 있었지요. 그렇지 않고서야 어떻게 모든 여자들이 그를 만나 눈 한 번 깜박이자마자 사랑에 빠지냐는 것이에요. 그래서 나역시 사실여부를 확인하고 싶은 생각이 들었습니다.

"아니 그거 말고. 어제 들은 얘기인데, M은 독에 중독되지 않는다는군."

"독?"

"M은 십 년이 넘도록 독을 조금씩 먹어왔대. 그래서 독살당하지 않아. 독에 대한 내성, 면역이 생긴 거지."

"옛날 로마시대 사람들처럼?"

"그런가보지. 그를 권총으로 사살할 수 있을지는 몰라도 몰래 약을 먹여 죽일 수는 없어."

"무서워."

나는 언젠가 원숭이골에게서 M이 사자를 기른다는 말을 들었던 것이 떠올랐어요. 그는 애완동물도 개나 고양이가 아니라 수사자를 기른다지요.

"그런데 말이야, 정말 독을 먹지 않았더라도 상관없지 않았을까? 그는 독, 그 자체니까."

"그 말은 스파이에게 명예일까, 오명일까?"

"나 역시 그처럼 되기를 원해."

종달새심장은 더이상 말할 것이 없다는 양 침대 위에 드러누워 눈을 감아버렸습니다. 나는 그의 희고 긴 얼굴에서 복수의 욕망을 찾아보려 했으나 역시 불가능했지요.

"종달새심장, 혹시 소보로빵 속에도 독이 숨겨져 있지 않은지 조심해."

나는 이쯤해서 내 방으로 돌아가려고 의자에서 일어났지요.

"새는 장식으로 기르는 게 아니야."

나는 새장 속의 구관조를 바라보며 "독" 하고 소리를 내었지요. 멍청한 눈동자의 구관조는 검은 몸뚱이를 꿈틀거리기만 할 뿐 새로운 말을 배울 생각은 하지 않았어요. 구관조 부리에는 쪼아먹다 남은 빵가루가 몇 개 붙어 있었지요.

"독."

구관조는 여전히 입을 다물고 있었지요.

"이 새는 할 줄 아는 말이 뭐야?"

구관조는 종달새심장이 "꼼짝 마" 하고 외치자 따라서 "꼼짝 마" 하고 소리를 내더군요. 나는 새장을 향해 손가락으로 총 쏘는 시늉을 한 뒤 방문을 열고 밖으로 나왔습니다. 좁고 구부러진 어둠을 따라 걸음을 옮겼지요. 그러곤 긴 복도 위로 늘어져 있는 내

그림자를 향해 작은 목소리로 말을 걸었어요. "꼼짝 마!" 그러나
그림자는 멈추지 않고 계속 앞으로 앞으로 기어가고 있었습니다.

　이 주 후면 성냥공장에서의 모든 교육이 끝날 예정이었습니다. 내근을 희망한 원숭이골은 살인면허를 받는 대신 컴퓨터와 통신 교육을 육 개월간 더 받을 예정이었고, 개구리눈은 이층의 심리학 연구소로 올라가게 되었지요. 내가 받을 살인번호는 013입니다. 종달새심장은 얼마 전 찜질방 화재로 사망한 005의 번호를 물려 받는다고 했어요. 종달새심장은 그 유명한 007보다 앞번호를 갖게 되어 무척 기쁘다고 말을 했어요.

　"왜 하필이면 013이죠?"

　나는 멧돼지 교관에게 물었습니다. 서양에서는 13을 불길한 숫자라고 꺼려하잖아요. 그러니 아무래도 013이란 것이 마음에 걸렸어요.

"남아 있는 번호들이 마땅치 않아서. 013은 모두 기피해서 번호가 남아 있었어."

"그럼 왜 남들이 싫어하는 번호를 저에게 주세요?"

"에이, 미미도 남들이랑 똑같이 그러면 안 돼지. 번호가 무슨 상관이야."

나는 조금 불쾌한 기분이 들었으나 마음을 고쳐먹기로 했어요. 남들이 금기로 여기는 것이 있다면 내가 그 금기가 되어버리면 되지요. 남들이 마녀를 무서워한다면 내가 마녀가 되어버리고, 남들이 뱀을 두려워한다면 내가 뱀이 되어 똬리를 틀면 되는 것 아니겠어요. 더구나 13은 내가 좋아하는 축구선수의 등번호와 똑같은 숫자이기도 해요. 나는 등번호 13을 달고도 그라운드를 종횡무진 누비는 축구선수처럼 013이란 살인번호로도 스파이계를 평정할 수 있다고 믿었습니다.

교육이 끝나기 일주일 전, 나에게 전화를 걸어온 사람이 있었습니다. 나는 MP3파일로 비밀편지를 작성하는 연습을 하다가 성냥 공장 사무실로 가 전화를 받았지요. "나야" 하는 목소리를 듣고도 놀라지 않았어요. 나는 그가 내게 전화하는 순간을 수십 번도 넘게 상상해보았으니까요. 게다가 아무도 모르는 성냥공장 전화번호를 알아낼 사람이 007 말고 또 누가 있겠어요.

"미미, 거기서 뭘 하고 있는 건가?"

"뭘 하긴요. 스파이로 성장해가는 중이죠."

"미미, 정말 왜 이래? 당신 스토커야?"

"당신이야말로 스토커예요? 왜 내가 있는 곳을 찾아내 전화질이에요?"

"본드걸이었으면 본드걸로 끝내. 대관절 뭐 하러 스파이가 되려는 거지?"

"나는 살인면허 받으면 안 돼요? 당신만 살인면허 받으란 법 있어요? 나도 죽이고 싶은 사람이 많아서 살인면허 좀 받아야겠어요. 참, 나보고 스파이의 삶을 이해하지 못한다고 했지요? 나도 이해란 걸 한번 해보려고요."

"그러지 말고 현재에 충실해. 미미는 아직 젊잖아."

"현재에 충실하려면 과거에도 충실해야 하는 법이지요. 불완전한 과거를 버려두고는 현재를 설계해나갈 수 없어요."

"그냥 잊어버려. 잊어버리라고."

"어떻게 잊어요? 그런데 내가 여기 있다는 걸 무슨 수로 알았죠?"

"M이 말해주더군."

"퍽 친절한 양반이군요. 바쁜 사람에게 그런 쓸데없는 것까지 일일이 알려주다니."

"그러게 왜 M을 귀찮게 해."

"흥, 당신은 말끝마다 M, M, M이로군요. M이 당신한테 뭔데요?"

나는 M과 007에 대한 소문을 떠올렸으나 그것을 입에 올릴 수
는 없었어요. M과 007은 서로 사랑하고 있는 걸까요? 단지 소문
일까요?

"M은 나에게 아버지와 같아."

M은 정말 007의 친아버지일까요?

"아버지가 아들을 매일 죽을 곳으로 몰아넣나요?"

"말조심 해."

"아들이 죽고 나서야 아버지는 아들을 사랑했다고 깨닫겠죠.
나도 그런 사랑이 어떤 건지 한번 받아볼게요. 교육을 마치고 나
면 내게도 M이 험난한 임무를 맡길 테니까요."

"스파이는 아무나 되는 줄 알아? 미미, 제발 쓸데없는 소리 관
두고 거기서 나와. 당신이 다치는 건 원치 않아."

그런 말이야 누구든 쉽게 할 수 있지요. 그렇지만 타인에게 상
처 주지 않기란 아무나 할 수 있는 일이 아닙니다.

"난 이미 충분히 다쳤어요."

나는 007의 전화를 끊어버렸습니다. 그의 목소리를 더이상 듣고
싶지 않다는 생각도 들었고, 한편으론 조금 더 듣고 싶다는 생각도
들었어요. 면회 오는 것도 귀찮아서 전화 한 통으로 해결을 보려는
그가 미웠어요. 게다가 그는 내가 전화를 끊어버리자 다시 걸어오
지도 않더군요. 그가 이렇게 도전정신이 부족한 줄 미처 몰랐어요.
그러나 나는 이게 그와 나의 마지막 대화는 아닐 거라 믿었습니다.

　살인면허를 받았다고 해서 살인을 쉽게 저지르는 것은 아닙니다. 살인면허를 받았다고 해서 곧장 국가의 위기를 해결하는 임무에 투입되는 것도 아닙니다.

　나는 살인번호 013이며, 장미마을 31번지 장미빌라에서 인터넷 의류 사업가 오란실이란 이름으로 살고 있는 스물네 살의 미혼녀입니다. 나이가 조금 더 어려진 셈이에요. 한번 살았던 나이를 다시 살 수 있다는 점은 긍정적입니다. 가짜가 누릴 수 있는 여분의 행복이지요. M은 나에게 행동을 지시할 때까지 죽은 듯이 살고 있으라고 명령했어요.

　나는 방 안 곳곳에 세워놓은 마네킹들 사이를 오가며 손끝으로 마네킹의 급소를 찌르고 화투장을 날렸습니다. 마네킹은 얼마 못가 물고기에게 뜯긴 시체처럼 되어버려서 종종 새것으로 갈아주어야 했지요. 인터넷 의류 사업가로 가장한 하루하루는 지루하기 짝이 없었습니다. 성냥공장에서 배운 컴퓨터 프로그램들을 연습해보고 팔굽혀펴기도 하고 영어회화 교재와 국제정치학 서적을 탐독했으나 그럼에도 시간은 느리게 흘러갔어요.

스파이가 되면 권태로운 삶에 종지부를 찍을 줄 알았는데 시간을 견뎌야 하다니 이게 어찌 된 일일까요? 나는 시간과 경주하길 원합니다. 시간을 느낄 수 없도록 말이에요. 그러나 M은 때가 될 때까지 기다리라고만 하는군요. M이 나에게 맡길 임무가 무엇일지 나는 알 수 없어요. 아무런 설명 없이 삶에 인내심을 요구하기로는 M이나 신이나 마찬가지입니다. 인내심이 없는 자는 누구나 삶을 견디기 괴롭지요.

나는 차츰 고도를 기다리는 블라디미르와 에스트라공*같이 간절한 마음이 들었고, 십 년 이상 적지에서 정체를 숨긴 채 두더지 생활을 했던 선배 스파이들이 어떻게 살아갔을지 상상하게 되었습니다. 그들은 처음엔 두려웠을 테고, 그 다음엔 무료했을 테고, 그 다음엔 익숙해졌을 테고, 또 그 다음엔 자신이 바둑판 위의 검은 돌인지 흰 돌인지 스스로도 구분이 가지 않았겠지요. 때로는 자신이 흰 돌이라는 사실을 잊고 검은 돌이 되어버린 자도 있을

---

* 연극 〈고도를 기다리며 En Attendant Godot〉의 주인공.

거예요. 자신이 흰 돌임을 알면서도 검은 돌처럼 생각하고, 검은 돌처럼 밥을 먹고, 검은 돌 나라 야구팀을 응원한 자도 있을 거예요. 자신이 흰 돌이었을 때 가졌던 성적 취향과 상관없는 이성을 검은 돌인 척 꼬신 자도 분명 있을 거예요. 그러다보면 흰 돌로 되돌아가는 일이 귀찮아지겠죠. 기억하는 쪽보다는 망각하는 쪽이 편리한 사람도 있을 테니까요.

장미마을 31번지 장미빌라 오란실로 살기 시작한 지 한참 지나자 나는 오란실이란 이름으로 배달되는 각종 고지서와 우편물에 익숙하게 되었습니다. 길을 걷다가 누가 미미, 하고 불러도 뒤를 돌아보지 않도록 오란실이 되기 위해 노력했어요. 오란실이란 이름으로 구민회관의 수지침 강습에 참석했고, 각종 인터넷 사이트에 회원가입을 했지요. 나는 오란실 앞으로 배달되는 다량의 이메일을 삭제하면서 생각했어요. 오란실, 이 얼마나 정겨운 이름이냐, 진심으로 받아들이지 않는다면 결코 그것 자체가 될 수 없어. 나는 오란실이야.

나는 내가 스파이라는 사실을 깜박 잊어버리고 오란실의 일상에 젖어버릴 때마다 007의 얼굴을 떠올렸어요. 007을 떠올리면 내가 스파이라는 사실이, 살인면허 013이란 사실이, 내가 본드걸 미미였다는 사실이 생생하게 떠올랐어요. 나는 반드시 스파이여야만 했어요. 다른 무엇일 수는 없었어요. 늑대가 할머니 옷을 입고 대신 침대에 눕는다고 온전히 할머니가 될 수는 없는 거잖아요. 빨간 모자 아가씨를 속일 수 있다 해도 할머니가 되는 건 아니 잖아요. 늑대가 늑대라는 사실을 잊어버려서 안 될 건 없지만, 아니 늑대라는 사실을 잊어버리면 빨간 모자를 훨씬 잘 속일 수 있겠지만, 언제까지나 그럴 수는 없어요. 늑대에겐 늑대만의 표시가 사라지지 않을 거고, 내겐 본드걸의 기억이 지워지지 않을 테니까요. 그러나 늑대의 표시를 남들에게 들키면 곤란해요. 그것은 오로지 자신만이 볼 수 있는, 언제나 마지막에 드러나는 표시여야 해요.

자신이 스파이라는 사실을 망각할 만큼 가면에 익숙해져야 하지만 또 완전히 가면을 써버려선 안 된다는 건 정말 난해한 일이로군요. 스파이가 된다는 건 적과 내가 명료하게 구분되는 전자오락이 아니에요.

하루는 인터넷 의류 사업가 오란실에게 익명의 이메일이 날아왔습니다. 회원가입을 하지 않고 익명으로 메일을 보낼 수 있는 해외 사이트를 통해 보낸 편지였지요. 편지 속에는 모월 모일 도심의 한 극장에서 조조영화를 보라는 내용의 글이 암호문으로 적혀 있었어요.

나는 편지를 해석하여 읽은 뒤 명령대로 아침 일찍 극장으로 가 영화를 보았어요. 대학과 중, 고등학교가 개학을 해서 그런지 조조영화를 보러 온 사람들은 많지 않았지요. 나는 팝콘을 사가지고 들어가 자리를 잡고 앉았지만 스크린 광고가 끝나도록 나를 만나러 온 사람은 나타나지 않았어요. 전날 밤 긴장을 하여 잠을 잘 못 잔 나는 짭조름한 팝콘을 한 주먹씩 씹다가 졸음이 왔고, 그래서 스크린에서 따쿵따쿵 총격전이 벌어지는 것도 모르고 잠이 들어 버렸어요.

"오란실."

누군가 옆자리에 앉는 기척을 느끼고 잠에서 깨었지요. 그러나 그것이 나를 부르는 소리인 줄은 몰랐어요. 오란실이란 위장 이름 에 아직 완전히 젖어들지 못한 모양이지요.

"오란실."

그가 내 팔을 툭 건드려서 팝콘이 쏟아졌고, 나는 그때서야 그 가 나를 만나러 온 사람인 줄 알았지요. 나는 고개를 돌리지 않고 근엄하게 스크린 속 베드신을 바라보며 물었어요.

"무슨 일이죠?"

"벌써 내 목소리를 잊어버렸나?"

그의 말을 듣고 고개를 오른쪽으로 돌려보니 스파이 005, 그러 니까 종달새심장이었어요.

스파이 005는 엊그제 미국에서 돌아왔다고 했어요. 미국의 폭 발물 처리학교를 수석은 아니고 간신히 졸업하여 귀국했더니 본 부에서 간단한 임무 한 가지를 맡기더라고 했습니다. 그리고 그 임무를 나와 함께 처리해야 한다고 했지요. 그래서 나는 005와 함 께 트럭을 타고 인구가 적은 한 위성도시로 향했어요.

005와 내가 맡은 임무는 005의 말대로 아주 간단한 일이었습니다. 양배추를 실은 트럭을 타고 아침부터 저녁 여덟시까지 도시를 돌아다니기만 하면 되었어요. 005가 운전을 하다 지치면 내가 운전을 하고, 내가 김밥과 단무지를 먹으면 005가 운전을 했지요.

"우리는 왜 트럭을 타고 돌아다니는 거지?"

"이 트럭의 배기관에 어떤 장치를 설치했다던데, 배기관으로 환각제가 뿜어져나오는 것 같아."

"환각제?"

"그래, 우리는 A팀이고, 지금 B팀도 함께 움직이고 있을 거야. B팀은 사람들의 반응을 체크하러 돌아다닌다지."

"사람들이 어떻게 변하는지?"

"맞아."

"그럼 불법이잖아."

"원래 스파이가 하는 일이 다 불법이지."

"혹시 사람들이 괴물로 변하는 거 아냐?"

나는 오란실로서 맡은 첫 임무가 그다지 마음에 들지 않았습니다. 그러나 일은 내가 선택하는 것이 아니라 본부에서 정하는 것이지요. 나는 독가스 살포보다는 환각제 살포가 그래도 나은 일이라고 억지로 위안을 삼았어요.

005와 나는 온종일 트럭 배기관으로 환각제를 뿜어내며 도시를 돌아다녔습니다. 환각제 탓에 교통사고와 절도가 늘어났는지, 쇼핑센터가 아비규환으로 바뀌었는지, 연인들이 당장 보고 싶다는 문자를 거듭 날렸는지, 우리는 알 수 없었지요. 우리는 반응을 조사하기 위해서가 아니라 그저 일을 저지르고 다녔으니까요. 그러고 보면 스파이의 세계도 자동차공장 못지않게 상당히 분업화되어 있어요.

"오늘 하루 동안은 사람들이 행복할까?"

"눈물이 흘러내리는 환각제일지도 모르지. 한눈에 사랑에 빠질 수도 있고."

"그런데 네 얼굴이 미남으로 보이지는 않는구나."

005가 조수석에 앉아 컵라면을 먹는 동안 나는 또 운전대를 잡았어요. 해가 저물어가고 있어서 미등을 켜고 달렸지요. 돌연 내 앞으로 검은색 자동차가 끼어드는 바람에 급정거를 하고 말았습니다. 끼어든 차가 독일제라 뒤를 박으면 곤란했거든요.

"뭐야, 라면 쏟았잖아. 운전을 이따위로 하면 어떻게 해!"

"미안. 1종 운전면허자격증을 사용할 일이 별로 없어서."

나는 라면 가락을 입에 넣다가 혓바닥을 데었다는 005에게 다시 운전을 맡겼어요. 그런데 무슨 액운이 끼었는지 005도 갑작스레 끼어든 중국집 오토바이와 경미한 접촉사고를 일으키고 말았지요. 우리들은 퇴근길 대로변에 트럭을 세우고 실랑이를 벌일 수밖에 없었어요.

"이 고물 트럭 보험 들었어?"

나는 귓속말로 005에게 물었어요.

"몰라. 그냥 아침에 받아가지고 나온 차라서."

"주인이 누군지도 모르고?"

"모르지. M이 하라면 무조건 하는 거야."

"야, 스파이가 운전도 못하면 어떻게 해? 그래가지고 추격전을 벌일 수 있겠어? 다른 건 때려치우고 운전 연습부터 해!"

"그럴 땐 트럭 타고 쫓아가지 않잖아. 고급 승용차라면 나도 멋지게 몰 수 있어."

005와 나는 중국집 배달원을 내버려두고 둘이서 실컷 다투다가 간신히 해결을 보았습니다. 중국집 배달원은 온종일 오토바이를 타고 배달을 다니다가 환각제에 중독이 되었는지 까진 무릎을 보고도 비실비실 웃으며 콧물을 흘렸고, 005가 건네준 십만원을 헬멧 속에 집어넣고 오토바이를 끌며 총총히 사라졌어요. 나는 그가 내일도 자장면을 배달할 수 있을지 걱정스러웠어요. 그러나 스파이에게 연민은 금물이겠지요.

하루 일을 마치고서 종달새심장 005는 나를 장미빌라에서 멀리 떨어진 버스정류장에 내려주었습니다. 나는 그에게 함께 자장면이라도 사먹지 않겠냐고 말했으나 그는 혓바닥을 데어서 아무것도 먹고 싶지 않고, 또 자장면이라면 좀 전에 철가방에서 쏟아져 나온 것을 보아서 더더욱 먹고 싶지 않다고 말하더군요.

"다음에 무사히 만나기를 바라."

"나도."

버스정류장은 길가의 상점들에서 쏟아져나오는 불빛으로 가득했지요. 나는 그곳에 서서 트럭이 멀어지는 모습을 물끄러미 지켜보았습니다. 그는 복수할 사람을 찾았을까요? 그가 그 상대를 찾았든 못 찾았든 우리가 무사히 다시 만날 수 있을지는 아무도 장담할 수 없겠지요. 나는 버스를 타고 장미마을 31번지 장미빌라로 향하면서 언니의 갈빗집으로 전화를 걸고 싶다는 생각을 했지만, 그럴수는 없었어요. 나는 살인면허를 받은 것과 동시에 과거와 완전히 헤어졌고, 나의 이름은 오란실, 오란실이니까요.

　마침내 오란실이 태어난 지 구 개월 만에 오란실에게도 임무다운 임무가 떨어졌습니다. 나는 일회용 난수표를 가지고 M에게서 날아온 편지를 해독하고 태워버렸지요. 새로운 일을 맡게 되자 내 가슴은 도시로 수학여행을 가는 산골 소녀같이 두근거렸어요.

　오란실이 제일 먼저 해야 할 일은 장미빌라의 집을 내놓고 이사를 가는 것이었습니다. 새로 이사를 간 집은 변두리의 주상복합 건물이었어요. 일층에는 이동통신 대리점과 꽃집이 있고, 이층에는 세무사 사무실이 있고, 삼층과 사층에 네 가구가 입주해 있는 건물이었지요. 나는 그 건물의 402호로 짐을 옮겼습니다. 그 집에서도 나는 여전히 인터넷 의류 사업가 오란실이었고, 내가 운영하는 인터넷 패션몰의 이름은 '오라오라'였답니다.

가끔은 내가 만들어놓은 모양만 그럴듯한 인터넷 쇼핑몰에서 옷을 주문하는 사람들이 있었어요. 나는 그때마다 고객들에게 옷이 품절되었다고 공손하게 메일을 보냈지요. 그들 중 몇몇은 쇼핑몰의 불성실함을 욕하는 답신을 보내기도 하였어요. 옷을 고르느라고 든 시간을 돈으로 환산하면 얼마인지 아느냐, 시간을 환불해라, 라고 따지는 고객도 있었어요.

건물에 입주한 날, 나는 이웃 사람들에게 절편과 요구르트 한 병씩을 돌렸지요. 사람들은 아무리 작은 것이라도 먹을 것에는 약한 법이라 인사를 친절하게 받아줄 줄 알았는데 그렇지가 않았어요. 이동통신 대리점 주인은 장사가 되지 않아 그런지 짜증이 양미간을 가득 채우고 있었고, 꽃집 여자는 "요즘 이사 왔다고 떡 돌리는 집도 있나?"라고 했지요. 301호 남자는 자다 깬 눈치였고, 302호 여자는 떡 하나 먹고 귀찮은 일이 생길까봐 경계하는 태도였습니다. 401호 신혼부부는 밤늦도록 집에 돌아오지 않아서 떡을 주려야 줄 수도 없었어요. 그들은 밤새도록 떡을 만들어내니까 굳이 떡을 줄 필요가 없었는지도 모르지요.

다음날에 나는 이동통신 대리점에서 휴대전화를 신규 가입했고, 꽃집에서 프리지어 두 단을 샀습니다. 집에 돌아와 휴대전화는 책상 서랍에 넣고, 프리지어는 신문지로 둘둘 말아 쓰레기봉투에 넣었지요. 나는 약간의 꽃가루 알레르기가 있어요. 휴대전화는 내일 당장 정지시킨 뒤 내다 팔 작정이었습니다. 나는 402호 주민

이 된 뒤로 조용하지만 바쁘게 동네를 돌아다녔고, 날마다 수첩에 깨알 같은 글씨로 기록했습니다. 정보는 스파이의 생명이지요. 컴퓨터가 수집할 수 없는 정보를 캐내는 것이야말로 틈새시장을 공략할 스파이의 무기 아니겠어요.

'오라오라'에 카키색 카고팬츠 한 벌을 주문한 ID 파란개는 상품을 가까운 지하철역에서 직접 받기를 원했습니다. 나는 파란개에게 전해줄 카고팬츠와 수첩을 박스에 넣어 지하철역에 도착했어요. 퇴근길의 사람들은 분주하게 땅 위와 땅 밑으로 걸음을 옮기고 있었고, 키가 큰 여자가 1번 출구 아래 꽃집 앞에서 기다리고 있었습니다.

"카고팬츠 주머니는 큰가요?"

파란개는 퀵서비스맨처럼 야구모자에 점퍼 차림이었습니다.

"아주 크지는 않아요. 적당한 크기죠."

나는 그녀에게 박스를 전하고, 그녀는 돈을 내밀었지요. 그녀와 나 사이로 서류가방을 든 남자 하나가 지나갔습니다. 그 순간 나는 파란개와 나의 자리가 바뀌어 있었으면, 하는 생각을 했어요. 몰랐는데, 나는 나에게 주어진 임무를 두려워하고 있었던 겁니다. 스파이에겐 단 한 번의 실수도 실패로, 어쩌면 죽음으로 이어질 수 있다는 것을 알고 있으니까요.

"열두 시간이 필요해."

개찰구에서 빠져나온 한 무리의 사람들이 우르르 역을 빠져나간 틈을 타 파란개는 말했습니다.

"그는 밖으로 잘 나가지 않아. 장판이 되어 방바닥에 눌어붙었다고."

"무슨 수를 쓰든 열두 시간 동안 밖에서 잡아놓아. 그 동안 우리가 작업할 테니."

"지금은 안 가져왔어? 굶어 죽을 판인데."

"알아서 처리해. 위에서 그런 것까지 신경써야 해?"

민생을 신경쓰지 않는 것은 정치인이나 정보국 간부나 다름이 없군요. 그들은 충분한 지원 없이 성과만을 원해요. 스파이 파란개는 모자를 고쳐쓰고 개찰구 쪽으로 걸어갔습니다.

"예쁘게 입으세요."

나는 파란개의 등뒤로 외치고 좀 전에 내려왔던 계단을 다시 올라갔지요. 열두 시간이라…… 나는 집으로 걸어가면서 301호 남자를 무슨 수로 열두 시간이나 붙잡아둘 것인지 생각했습니다. 그러나 뾰족한 방법이 떠오르지 않았어요. 만일 007이라면 이런 때 어떤 방법을 사용할까요?

스파이라면 자신이 원하는 것이 아니라 상대방이 원하는 것을 하라. 007에게 묻는다면 그는 아마 그렇게 대답했을 겁니다. 그래서 나는 그대로 했어요.

"바에 가서 한잔할까?"

"심야영화 보러 갈까?"

"교외로 드라이브 나가는 것 좋아해?"

"야구경기 보러 야구장 갈까? 김밥 싸가지고."

301호 남자는 어떤 말에도 호응을 해주지 않았습니다. 내 딴에
는 에로영화의 여주인공 흉내를 낸 애교스러운 코맹맹이 소리로
물었는데도요.

"술은 집에도 많은데. 거기 냉장고에서 맥주 꺼내봐."

"케이블에서 틀어주는 영화도 다 못 보는 판에."

"자동차도 없는데 어떻게 드라이브를 나가."

"야구는 텔레비전 중계로 보는 게 더 세밀하게 보여. 해설자의

목소리가 들리지 않으면 불안하다고."

우연을 가장한 작전으로 301호와 연애를 시작한 지 닷새째이나 임무를 수행할 방법은 요원했지요. 서른셋의 만화가 지망생이라는 어리숭한 301호는 더벅머리를 포니테일로 묶고는 이발소에도, 담뱃가게에도 가지 않았어요. 어쩌다 며칠에 한 번씩 외출을 해도 한 시간 이상 나가 있는 법이 없었지요. 이렇듯 남자라고 해서 다 활동적인 것은 아니랍니다. 특히 나이가 든 남자일수록 소파에서 비비는 것을 좋아하지요. 소파의 주인은 여자라는 편견을 버려주세요.

301호 남자는 캔맥주를 두 개째 땄고, 나는 땅콩을 까먹었어요. 노총각의 집이라서 그런지 땅콩에서도 오래 묵은 냄새가 났지요. 301호에서 301호 남자와 나란히 앉아 케이블에서 방영하는 한물간 영화를 보고 있노라니 화가 불끈불끈 치밀어올랐어요. 기분 같아서는 301호가 마시는 맥주를 빼앗아 단숨에 들이켜고 싶었으나 맥주를 마시면 금세 배가 튀어나오므로 자제를 하였습니다. 출렁이는 배는 섹시함의 적. 아무리 가짜 연애라고 해도 긴장을 놓아서는 안 돼요. 적을 유혹하지 못한다면 스파이의 생명은 끝. 참된 스파이라면 매순간 최선을 다해야 하지요.

나는 301호를 격렬하게 미워하지는 않으려고 무척 애를 썼습니다. 내가 그를 미워한다면 사랑하는 척하는 연기도 제대로 할 수 없으니까요. 그를 진정 사랑하지는 못하더라도, 조그만 일부라도 사랑하려 노력해야 해요. 까만 뿔테 안경이 귀엽다고 주문을 외우거나, 통통한 오리궁둥이가 섹시하다고 여기는 것 등이 노력의 일환이겠지요. 그렇게 노력을 기울이다보면 손톱에 검은 잉크가 낀 짧은 손가락과 손등에 달라붙은 회색 사마귀도 나름대로 사랑스러워 보입니다.

그나마 301호 남자가 심한 추남이 아닌 것은 얼마나 다행스러운 일인가요. 그가 발냄새 풍기는 배불뚝이였더라도 오란실은 그와 연애를 시작했어야 할 겁니다. 스파이 013에게 선택권은 없어요. 오직 임무만이 주어질 따름입니다. 멋쟁이 미남과의 연애라면 못 할 여자가 어디 있겠어요. 그러나 살비듬을 북북 긁는 대머리 늙은이라도 유혹해야 한다면 하는 데 스파이의 위대성이 존재하는 것이겠지요.

로맨틱 코미디 영화에 푹 빠진 301호는 폭소가 튀어나올 때마다 내 뺨을 마른 오징어 찢듯 잡아당겼어요. 영화가 조금 지루해지려 하면 손을 내 브래지어 속으로 집어넣어 가슴을 조몰락거렸지요. 그에게 가슴을 맡기고 있으려니 오래 전 007과의 기억이 떠오르는 거예요. 007이 만지기 좋아하는 것 두 가지가 바로 리모컨과 젖꼭지였잖아요. 그러나 임무수행중 잡생각은 금물이므로 나는 007의 얼굴을 지워버리려 기를 썼어요. 나는 더이상 007이 보고 싶지 않아요. 007이 내 가슴을 만질 때 하나도 좋지 않았어요. 007은 생각만큼 키스를 잘하지도 못해요. 그가 섹스를 잘해서 여자들이 아우성치는 건 아닐 거예요. 나는 007이 싫어요.

십 년 전에 만들어진 로맨틱 코미디 영화는 너무 재미가 없어서 몰두할 수 없었어요. 아니, 그보다는 영화를 보면서 어떻게 301호를 집에서 끌어내야 할지 고민하느라 몰두할 수 없었겠지요. 그가 젖꼭지를 건드려도 조금도 흥분이 되지 않았어요. 그러나 나는 일부러 흥분한 척 어깨를 흠칫거리고, 다리를 문어처럼 비비적거렸지요. 스파이의 작업에 연기력은 필수예요.

"어마, 바다! 나도 바다 보러 가고 싶다. 우리 바다 갈까?"

나는 화면 속에 등장한 지중해를 집게손가락으로 가리키며 말했지요.

"어때? 우리 자기도 바다 보러 가고 싶지? 경포대, 아니 해운대 어때?"

"글쎄…… 나중에. 지금은 피곤해."

오란실의 섹시함이 현격히 모자란 걸까요? 301호는 머리가 둔해서 해운대란 단어에서 일박이일 모텔, 또는 호텔 숙박을 떠올리지 못하는 걸까요? 서른이 넘은 남자는 모두 만사가 귀찮은 걸까요? 그가 나를 원하지 않는 것 같아서, 미인계에 걸려들지 않는 것 같아서, 나의 섹시함에 대해 자신이 없어졌습니다. 내 매력이 핵폭탄급이라 자신했는데 실상은 바주카포급도 못 되는가봐요. 나는 보다 펄이 많이 들어간 반짝이는 립글로스로 입술을 덧칠하고, 눈 주위에 검은 아이라이너로 테두리를 했지요. 조금만 더 진하게 아이라인을 그리면 동물원의 너구리가 되어버릴 것 같았으나 불안한 마음에 손에 힘이 들어갔어요. 관능미란 인위적으로 생겨나는 것이 아닌데도 인공의 힘까지 빌려야 하는 절박함을 아시나요? 이렇게 외면당하는 기분이란 사람을 얼마나 절망적으로 만드는가요. 이래서 007은 자꾸만 여자들을 유혹하려 드는 걸까요? 그로써 자신의 성적 매력을 확인하려 드는 걸까요?

이렇게 작전에 진전이 없을 때에는 특단의 조치를 취할 수밖에 없습니다. 공명정대한 방법으로는 그를 집에서 끌어낼 수 없으리란 것을 그때서야 깨달았지요. 그는 진정한 집진드기였던 것입니다.

301호가 나의 진짜 애인이었다 하더라도 이렇게 방구석에서 케이블 텔레비전만 보면서 연애하자고 하면 부아가 치밀 것 같았어요. 왜냐하면 노상 집에서 텔레비전 드라마를 시청하며 연애를 꿈꾸던 여자들은 모처럼 생긴 애인과도 텔레비전 앞에 앉기를 원하지는 않거든요. 일상에서 벗어난 공간으로 새 애인이 옮겨다주기를 바라지요. 하다못해 입장료가 비싼 뮤지컬 관람석에 앉기라도 말이에요.

나른한 휴일 저녁, 신혼부부가 사는 위층 401호에서는 침대 스프링이 킹킹 울리는 소리가 들려오기 시작하고, 나는 301호가 돌연 내 옷을 벗기려 들까봐 조마조마하였어요. 그가 옷을 벗기면 반항을 해야 할지 순순히 침대에 누워야 할지 고민스러웠지요. 문득 그와 섹스를 하고 나면 007을 완전히 잊어버릴 수 있지 않을

116

까, 하는 생각도 들었답니다. 나는 침 넘어가는 소리가 들리지 않도록 주의하여 침을 삼켜야 했어요.

다행히 301호는 심심파적 영화에 깊이 빠져 있는 듯 보입니다. 그의 손가락은 브래지어 안쪽만 만지작거릴 뿐 더이상 아래로 내려가지 않았지요. 그의 성기는 아무래도 의욕상실이거나 발기부전인 모양이었어요. 나는 그가 마마보이일 거라 단정지었습니다. 가슴에만 집착하는 걸 보면 어릴 때 젖을 충분히 먹지 못한 것 같아요. 젖은 너무 적게 먹어도, 또 너무 많이 먹어도 문제이지요. 사랑을 너무 많이 받아도, 또 너무 적게 받아도 문제인 것처럼.

나는 영화를 보는 척하면서 눈동자를 전후좌우 움직여 방 곳곳을 살펴보았어요. 침대 왼쪽 벽이 우리가 작업을 할 곳이라지요. 내가 그를 데리고 나가면 곧장 도청팀이 들이닥칠 것이고, 침대 옆 벽에 직선으로 가느다란 관을 뚫을 거랍니다. 그 관의 끝은 적국의 영사관 회의실에 다다르게 되어 있어요. 도청팀은 이곳에서 멀지 않은 곳에 둥지를 틀고, 그 관을 통해 흘러나오는 대화들을 녹취하겠지요. 그러기 위해서는 영사관과 벽을 사이에 두고 있는 301호를 열두 시간 동안 장악하는 것이 필수요건이에요.

어젯밤에는 M에게서 빨리 임무를 수행하라는 연락이 내려왔어요. 본부에서는 아무런 도움도 주지 않고 참깨 볶듯 재촉만 해요. 집진드기를 방에서 끌어낼 근사한 자동차라도 한 대 있으면 얼마나 좋아요. 그러나 그들은 줄곧 예산이 부족하다는 말만 반복하지요. 지원을 하지 않는 비인기종목 선수에게 올림픽 금메달을 따오라고 압박하는 태릉선수촌장과 다를 바 없어요. 그들은 내 집에 와서 싱크대 위에 쌓여 있는 라면봉지를 두 눈으로 똑똑히 봐야 해요. 이사온 뒤로 내가 얼마나 궁핍하게 지내는지, 그들이 준 돈으로 포장이사 한 뒤 남은 게 얼마나 되는지. 도대체가 무슨 돈이 있어야 이렇게 저렇게 데이트 코스를 계획해볼 게 아니겠어요.

나는 그의 바지 지퍼에 손을 갖다대는 승부수를 띄울까 말까 고민했어요. 아니면 한 단계 더 강하게 지퍼를 열고 손을 집어넣을까요? 그의 성기를 풍선만큼 부풀려놓고 놀러 나가자고 유혹을 하는 거예요. 그는 감질이 나서 내가 시키는 대로 따라 나올지도 몰라요. 그러면 그를 물침대가 출렁이는 모텔로 데려간 뒤 본부에 몰래 연락을 취하는 것이지요. 하지만 그를 열두 시간이나 잡아놓으려면 다양한 섹스 기교가 필요할 텐데요. 나는 스파이 가이드를 읽느라 섹스 북을 독파한 적이 없어서 그런 것에는 자신이 없어요.

나는 이런저런 궁리를 집어치우고 소파에서 일어났어요. 그가 진도를 빼지 않는다면 강공으로 나가는 수밖에요. 집진드기 301호는 여전히 한 팔로 킹콩인형을 끌어안고 화면에 몰두하고 있었습니다. 그는 밤에도 킹콩 가랑이를 벌려놓고 자위를 하는 걸까요? 바비인형도 아니고 킹콩이라면 그는 변태가 틀림없어요.

"우리 위스키 한잔 할까?"

나는 싱크대 찬장에서 그저께 보아두었던 싸구려 양주병을 꺼냈어요.

"그러지 뭐. 냉동실에 얼음 있을걸?"

나는 아직 물기가 다 마르지 않은 물컵 두 개를 꺼내어 얼음을 담았어요. 컵의 사분의 삼쯤 위스키를 채웠지요. 나는 등지고 앉아 있는 301호를 흘끔 쳐다본 뒤 목에 걸고 있던 하트 모양 팬던트를 열었어요. 하트 팬던트 안에 담긴 수면제 가루를 컵에 털어 넣고 젓가락으로 휘휘 젓자 가루는 한낮의 눈발이 되어 흔적도 없이 사라져버렸습니다. 나는 진드기를 퇴치할 사랑의 묘약을 물끄러미 바라보았지요. 모처럼 마음이 흐뭇해져서 비로소 한잔 마시고 싶은 기분이 들었답니다. 안타까운 사랑의 종말을 기리는 축배의 잔을.

"손 들어."

나는 그 말에 손을 어깨 높이로 들었어요. 301호가 영화를 보다가 갑자기 내 가슴을 만지고 싶어 뒤로 다가왔는가보다 생각했거든요. 그렇지만 아무리 기다려도 그가 가슴을 주무르지 않아서 등을 돌리자 검정색 권총이 제일 먼저 보였어요. 내 이마에 총구를 갖다댄 건 집진드기 301호였어요.

"저건 뭐지? 미키 핀*? 보자보자 하니 누굴 개 좆으로 알아?"

301호는 총을 들지 않은 왼손으로 내 뺨을 찰싹찰싹 때렸어요. 나는 머저리 같던 집진드기 301호에게 그냥 맞고 있었죠. 너무 아팠어요.

"오란실, 그냥 재미나 보고 넘어갈까 했더니 조낸 웃기고 있어! 내가 그걸 그냥 마실 줄 알았냐, 앙!"

안경잡이 만화가 지망생 301호가 비속어를 날리며 사랑한다고 입 맞추었던 내 뺨을 때리는군요. 사랑이 폭력으로 변하나요?

"타주면 감사히 마실 일이지, 왜 분위기를 깨?"

---

* 미키 핀(Mickey Finn) : 마약이나 설사약을 넣은 술.

나는 속으로 무서워 죽을 지경이었으나 그렇지 않은 척 소리쳤습니다. 게임의 세계에서 약한 모습을 보이면 보다 빨리 보다 세게 밟히는 법입니다. 나는 이래 봬도 본드걸 출신의 정통파 스파이 013이잖아요.

"조용히 마셔줄까 하다가 이쯤에서 연극을 끝냈지. 일 끝내고 방 비우려는 참에 네가 끼어들어 훼방을 놨잖아."

"지퍼 열고 내놓기엔 네 총이 너무 보잘것없어서 권총을 꺼낸 거 아냐?"

"이런 씹탱!"

301호는 총구로 도장 찍듯 내 이마를 쾅 찍었어요. 총구가 이마에 부딪혀 극심한 통증이 느껴졌어요. 이마 위로 거대한 옥쇄가 찍힌 느낌이었어요. 나는 아픈 와중에도 301호의 정체가 무엇일지 생각하느라 바빴답니다.

"너의 정체는 뭐지? 방바닥에 눌어붙어 속을 썩이더니만. 정체가 뭐야?"

나는 그가 적국의 스파이일 거라고 짐작했지요. 우리가 접근할 줄 알고 적국에서 미리 심어놓은 요원.

"내가 누굴 것 같냐, 앙?"

301호는 계속 총구로 이마를 두드렸지요. 아까 총구에 찍힌 이마가 쓰라렸어요. 나는 진작 장풍을 배워놓지 못한 것이 한스러웠어요. 장풍 한 방으로 권총 든 301호를 저 멀리 날려버릴 수 있었다면 이런 수치를 겪지 않았을 텐데 말이에요.

"그만 해. 난 앞머리를 내리기 싫단 말야. 그렇게 이마를 찍어대면 싫어도 앞머리를 내리든지 모자를 써야 해."

나는 그를 자극해서 허점을 노리려고 했으나 마땅한 말이 떠오르지 않았어요. 위기대처법을 그렇게도 많이 배웠는데, 어찌 하여 떠오르는 게 없는 걸까요? 나는 버릇대로 오른손을 코밑에 대고 코를 훌쩍였어요. 그러고는 손가락으로 내 티셔츠 가슴에 매달린 돼지 눈을 만지작거렸지요.

"그러니까 넌 날 못 이긴다. 엉덩이나 조낸 흔들어대는 암캐."

"뭐야? 처음에 방에 놀러 오라고 한 건 너였어!"

"네년이 먼저 접근해서 살랑거렸잖어."

"너 같은 놈이랑 자지 않게 돼서 정말 다행이야. 임무상 같이 자야 할까봐 걱정했는데."

"놀고 있네. 너랑 영화 보면서 얼마나 지루했는지 알어? 난 원래 C컵이 아니면 손가락 들기도 귀찮은 사람이야."

"이만하면 훌륭하지. 포르노 영화만 보다가 현실과 환상을 구분 못 하는 거 아냐? 너 같은 놈들 땜에 여자들이 살 속에 식염수 주머니를 쑤셔넣는 거야."

"아가리 닥쳐!"

"어쨌건 간에 너의 정체를 말해."

"내가 누군지 뭐 하러 말해줘? 쓸데없는 사실까지 고백하는 건

영화에서나 나오는 일이다. 너 하나 때문에 너희들은 다 죽었어. 줄줄이 비엔나로 다 끌려나올 거야, 마지막에 M까지."

"안 돼, 살려줘, 제발……"

"조낸 빌어봐. 그리고 잘못했다고 반성한다면 나랑 자고 싶다고 솔직하게 말해, 이 씹탱아."

"그래 넌 사실 정말 섹시해. 실은 아까 영화 보기 전부터 너랑 자고 싶었는데 여자라서 말하지 못한 거야. 정말이야, 살려줘."

나는 눈물을 찍어내려고 오른손을 들어올렸어요. 그리고 오른손 안에 숨겨두었던 동그란 단추, 그러니까 티셔츠에서 떼어낸 돼지 눈으로 악당의 눈알을 힘껏 찍었지요. 눈에는 눈!

"끄아악—"

나는 그의 양손이 얼굴로 향하는 순간 무릎을 놈의 가랑이 사이로 힘껏 차올렸습니다.

나는 집진드기 301호에게서 권총을 빼앗아가지고 집 밖으로 뛰쳐나왔지요. 밖은 어두웠고, 나는 혼자였어요. 어디로 가야 할지 몰라 무조건 큰길로 뛰었지요. 당장이라도 301호가 어깨를 잡아챌까봐 무서워서 헉헉대며 한참을 뛰었어요. 오래 달리다가 모퉁이에서 뒤를 돌아보았는데 다행히 301호가 보이지 않았어요. 나는 그제야 숨을 몰아쉬고 은행의 바로바로코너 안으로 숨었습니다. 신발을 신지 않았다는 사실을 막 깨달았거든요. 왼쪽 가슴에 손을 대어보니 심장이 방아 찧듯 쿵덕거리고 있었어요.

나는 현금출납기 앞에서 티셔츠를 반쯤 벗고, 브래지어를 풀었습니다. 브래지어의 두툼한 캡 부분을 뜯어내자 안에서 작게 접은 만원짜리 한 장이 나왔지요. 브래지어 컵은 두 개이니까 만원짜리도 총 두 장입니다. 나는 그 돈으로 셔터를 내리고 있던 신발가게 문을 두드려 싸구려 플라스틱 슬리퍼 한 켤레를 샀고, 신발가게 주인에게서 메모지와 볼펜을 빌려 조그만 쪽지를 만들었어요.

'실패. 301 = SPY.'

나는 택시를 잡아타고 네 정류장 떨어진 조그만 교회로 찾아갔습니다. 교회 입구의 커다란 감나무에는 하얀 새집이 한 채 매달려 있었지요. 나는 날렵하게 감나무를 타고 올라가 새집 안의 비둘기 다리에 검은 끈이 매달려 있는 것을 확인한 뒤 근처 편의점으로 갔어요. 301호에 있는 동안 배가 나올까봐 땅콩만 까먹어서 배가 고팠거든요. 나는 택시비를 내고 남은 돈으로 신문을 사서 훑어보고, 컵라면과 삶은 달걀을 먹고, 캔커피를 마시면서 동이 트기를 지루하게 기다렸어요. 물티슈를 사서 맨발로 달리느라 까맣게 된 발바닥도 닦았고요. 한밤의 편의점은 고요했어요.

이윽고 편의점 유리 밖으로도 날이 밝았습니다. 나는 다시 감나무를 타고 올라가 새집에서 자고 일어난 비둘기 다리에 쪽지를 매달았지요. 구구구, 구구— 부지런한 비둘기, 전서구(傳書鳩)는 다리에 쪽지를 매달자마자 힘차게 날아올랐답니다. 티셔츠만 걸치고 있던 나는 추웠고, 그래서 누군가의 체온이 그리워졌어요. 안 그래도 나는 수족냉증에 시달리고 있거든요. 누구든 나를 데리러 오면 그의 손을 잡고 뜨끈한 해장국을 사달라고 말할 작정이었어요.

　"첫 임무부터 실패하다니, 잘 하는 짓이군."

　나를 데리러 나타난 사람은 다름아닌 007이었습니다. 파란개나
005가 올 줄 알고 있었던 나는 조금 당황을 했지만 그렇지 않은
척 그의 차에 탔지요. 작업중 그를 만날 때는 철저하게 선배 스파
이로만 대할 작정이었어요. 더이상 나는 그의 연인이 아니고, 본
드걸이 아니고, 공과 사를 구분하지 못하는 철부지가 아니거든요.
그의 옆에 앉는 것이 마냥 마음 편한 것은 아니지만, 어른이 된다
는 건, 스파이가 된다는 건, 원하지 않는 일도 해야 한다는 것이겠
지요.

　"실패라니 무슨 소리. 나니까 살아남았지 다른 스파이였으면
벌써 목이 달아났을 거예요."

"실패는 해도 괜찮고?"

"목숨이 붙어 있는 한 기회는 또 오겠죠."

"과연 M도 그렇게 생각할까? M은 냉정해."

"냉정한 게 아니라 가혹한 게 아닐까요?"

나는 손이 시려 죽을 지경이었으나 절대로 그의 손을 잡지 않을 작정이었어요. 두 번 다시 그의 손을 잡고 싶지 않아요.

"살인면허는 취소될 거야."

"정말요? 정말 살인면허가 취소되나요? 겨우 한 번 실패했을 뿐인데? 그리고 실패한 게 왜 내 탓이에요? 301호가 스파이일 줄 누가 알았겠어요?"

"스파이에게 누구 탓이란 게 어디 있나? 결과만 있지. 스파이라는 걸 들키기 전에 먼저 알아차렸어야지, 그것도 모를 만큼 연애가 재밌었나보지?"

"연애야 언제나 재미있죠."

"그래서 항상 연애에 성공하나?"

"내가 번번이 연애에 실패할 거라 생각하면 오산이에요. 그보다 먼저 해장국이나 사줘요. 다리 아프고 추워요."

007은 이삼 분쯤 차를 몰고 가다가 24시간 감자탕집 앞에서 차를 세웠지요. 007이 몰고 온 자동차는 속도를 높일 때 소음이 심하게 들리는 낡은 차였어요. 범퍼가 긁혀서 볼썽사나웠지요.

"은색 스포츠카는 어쨌어요?"

"그거 원래 내 차 아냐. 그건 여자랑 휴가 갈 때나 몰고 가는 거지. 나 돈 없어."

"인생이 줄기차게 거짓이군요. 봉급이랑 위험수당은 다 어쩌고요?"

"일찍 은퇴하고 싶어서 주식에 투자했다 날렸어. 몰빵한 회사가 상폐됐거든."

"분산투자란 기본 중의 기본도 모르나요?"

"아무래도 모험심이 지나쳐서 말이지."

"그건 그렇고, 은퇴라뇨? M의 뒤를 이을 후계자라고 모두들 말하던데."

"후계자? 그런 데는 관심 없어."

"누구나 입으로는 그렇게 말하죠."

"난 M처럼 냉철하지가 못해."

"내가 보기엔 꼭 그렇지만도 않던걸요. 여자를 잘라버리는 일엔 피도 눈물도 없잖아요."

007과 나는 감자탕집에 마주 앉아 뼈다귀해장국을 시켰어요.

"근데 301호는 누구일까요? 하이드가 보낸 스파이?"

우리 쪽에 M이 있다면 적국에는 하이드가 있다지요. 하이드는 M의 경쟁자. M과 같이 여러 명의 스파이를 조종하여 우리를 도발하고, 우리의 작전을 교란한다지요.

"내 생각엔 적국의 스파이도 아닌 것 같고 우리 편은 당연히 아니니까 제삼자겠지."

"삼자라면 누구요?"

"알 수 없지. 정보국에서 조사하겠지만, 알아낼 수도 있고 그렇지 않을 수도 있어. 그가 진짜 누구인지 그 정체는 오직 그만이 알겠지. 그도 모르려나?"

"그건 무슨 말이죠?"

"누가 적이고 누가 우리 편인지 어떻게 장담할 수 있겠어. 우리에겐 그가 배신을 했는지 그렇지 않은지 확인시켜주지 않은 스파이가 너무 많아. 이중스파이 역시 많고. 세상엔 어떤 스파이가 아니라 그냥 스파이만이 있지."

"그럼 나는 믿어요?"

"나는 한 번 이상 섹스한 여자는 절대 믿지 않아."

"그 반대여야 하는 거 아닌가?"

"무슨 소리. 여자가 사랑을 얻으려 들면 얼마나 많은 음모를 꾸미는지 알아? 설마 미미가 모른다고 하진 않을 테지?"

"음모를 꾸미는 건 스파이의 자랑거리죠. 그리고 난 이제 미미가 아니라 013이에요, 013."

나는 해장국에 밥 한 공기를 다 말았어요. 편의점에서 라면과 기타 등등을 먹었지만 왜 그런지 허기가 가시지 않았어요. 게으른 집진드기 301호가 스파이였다는 게 아직도 믿어지지 않았어요. 내가 그랬던 것처럼 301호도 똑같이 날 사랑하는 척했지만 죄다

거짓이었어요. 어린 시절 『톰소여의 모험』과 『허클베리 핀』을 읽고 강물을 타고 내려갈 뗏목을 만들었다는 얘기도, 〈ET〉를 본 뒤처음 자전거를 배웠다는 말도, 『아기공룡 둘리』의 길동이를 닮았다는 말을 하도 들어서 만화를 그리게 되었다는 고백도 모조리 거짓이었을까요?

결국 301호도 007같이 나를 배신하고 만 거예요. 내가 먼저 배신하려고 했든 어쨌든 간에 배신은 배신이지요. 배신에 대해 떠올리고 있다보니 나는 배가 몹시 고팠어요.

"근데 나 정말 잘렸어요?"

"거짓말에 그렇게 잘 속아넘어가면서 무슨 스파이야?"

007은 먹는 것도 얄밉게 밥 따로 국 따로 젓가락으로 끼적였지요. 그는 입이 짧은 편이에요. 입맛이 까다로운 남자는 비위를 맞추기가 어렵지요. 나는 진작 007과 헤어지길 잘했다고 생각했어요.

"나 아까 그 비둘기집 안에 권총 넣어놨어요. 혹시 301호 지문 찍힌 거 있나 알아보라고 해요."

"013 지문이나 잔뜩 찍혀 있겠지. 그 일에선 손 떼. 오란실은 이제 없어, 아니 존재했던 적도 없다고."

"오란실이 되기 위해 그렇게 노력을 기울였는데도요?"

"시간과 돈을 아무리 많이 들인 작전이라 해도 노출되는 순간 폐기되는 거야. 기억할 필요가 없는 건 싹 지워버려."

007은 그처럼 기억을 잘 지워버리니 여자를 수시로 바꿔도 헷

갈리지 않는 것이겠지요. 미련을 가질 이유도 없고요. 그러나 본드걸들은 007을 그처럼 쉽게 잊어버리지 못할 거예요. 그녀들은 007만큼 메모리칩을 빨리 바꾸지 못할 테니까요.

오란실을 내가 기억하지 않는다면 그녀는 세상에 존재하지 않았던 사람이 되는 것이겠지요. 내가 오란실을 기억하지 않는다면 누가 그녀를 기억할까요? 301호? 결국 스파이의 존재를 가장 오래 기억할 사람은 그의 적이로군요.

"근데 301호는 눈알이 터졌을까요? 단추 알이 제법 컸는데."

"그걸 왜 나한테 물어? 걱정되면 병원에 데려가지 그랬어."

007은 내가 쌀밥 말은 해장국을 다 먹기도 전에 자리에서 일어났습니다. 상대방에 대한 배려는 찾을 수 없는 인간이지요. 나를 사랑한다고 말할 적에는 그렇게도 친절하게 굴더니 모두가 속임수였던 겁니다. 신사의 매너는 필요할 때만 발휘되는 것이에요.

낡은 자동차에 올라타자마자 그는 내게 은신처에 들를 시간이 없으니 곧장 공항으로 가서 일본행 비행기를 타야 한다고 명령했어요. 갈아입을 옷과 구두, 가방은 자동차 트렁크 안에 들어 있다고 했고요.

"55사이즈 맞지? 그사이 살이 찌지 않았다면."

"나 혼자 가요?"

"아니, 이번 임무는 나랑 같이 할 거야. 아내 역할을 할 사람이 필요해."

"옷은 어디서 갈아입어요?"

"그걸 왜 나한테 물어? 자동차에서 갈아입든 화장실에서 갈아입든 좋을 대로 하라고."

그래서 나는 007과 함께 일본으로 떠났습니다. 007과 본드걸이 아닌, 스파이 007과 013으로요.

  007과 내가 도착한 곳은 한국인 관광객이 많은 벳푸의 한 호텔이었습니다. 우리는 그곳에서 저녁을 먹고 김씨 부부로 가장하여 체크인을 했지요. 다행히 우리가 묵게 된 방은 서양식 베드룸에 다다미방이 붙어 있는 숙소였어요. 나는 007에게 침대 대신 다다미방에 요를 깔고 자라고 했으나, 그는 오히려 자신이 침대를 차지하고 나를 다다미방으로 쫓아냈지요.

  "다시 코 고는 소리를 들어야 하다니 이렇게 끔찍한 일도 없겠군요."

  "세상에 장담할 수 있는 일이란 없는 거야."

  "호텔 안에 대욕장이 있다던데 온천욕을 하고 오면 안 될까요?"

"지금 우리가 관광을 왔나? 쓸데없이 사람 눈에 띄지 말고 가만 좀 있어."

"스파이에게 호기심이 허락되지 않는다니 이상한 일이로군요."

"시키는 일만 하기에도 바빠."

"그렇게 바쁜 와중에 여자는 왜 매번 꼬셔요?"

"꼬시기는 누가 꼬셔? 작전을 수행하다보면 보호해주어야 할 여자가 생기는 걸 어떡하라고."

"근데 왜 본드걸 말고 본드보이는 없죠?"

"제발 따지지 좀 마. 난 따지는 여자가 제일 질색이야."

대개의 남자들은 심각한 것을 물으면 따지지 말라거나 그 얘기는 그만 하라고 회피하곤 하지요. 남자들은 어째서 그렇게도 토론을 싫어할까요? 텔레비전의 심야토론 프로그램을 볼 때는 더 싸워라, 더 싸워, 하며 신바람을 내면서요. 나는 진심으로 그들과 심도 있는 이야기를 나누고 싶어요. 왜냐하면 그들은 세상의 반이니까요.

007과 나는 캔맥주를 마시면서 다음날 해야 할 임무에 대해 다시 한번 점검을 했습니다. 007과 나는 아침에 구로가와 온천가로 이동을 해서 망명을 원하는 스파이 화이트 피어, 다시 말해 백색공포와 접선을 해야 했지요. 일차 접선을 맡은 사람은 007이었습니다. 그는 스파이 백색공포가 정말 망명을 원하는 사람인지, 망명을 하는 척 위장한 이중스파이인지 간파해야 했어요. 백색공포가

134

우리에게 넘겨줄 수 있는 정보가 무엇인지에 대해서도 확인해야 했고요. 나는 007이 전통여관인 료칸에 딸린 노천탕에서 백색공포를 만나는 동안 점심식사를 하며 주위 동정을 살펴야 한다지요.

"이왕이면 한국인 관광객 말고 기모노를 입은 여종업원으로 위장해보고 싶은데요."

"왜?"

"새로운 경험을 하는 게 재밌잖아요. 스파이만이 누릴 수 있는 즐거움이죠."

"안 돼. 일본말도 못 하면서."

나는 그의 말에 수긍하긴 했지만 자존심이 상해버려 그에게 위기가 닥칠 때 교묘하게 피해버릴까보다 하는 생각을 했지요. 물에 빠진 원수를 보고 눈감아버리는 행동 말이에요. 그는 내 마음을 들여다보기라도 한 듯 이렇게 말을 했어요.

"목욕하다가 탕 안에 두 사람만 남을 때 접선을 할 거야. 별일은 없겠지만, 밖을 살펴줘. 013은 어제의 실패를 만회해야지."

"걱정 마요. 문제가 생기면 탕으로 직행할게요. 접선하기로 한 곳이 남탕인가요, 가족탕인가요?"

나는 취하지 않을 정도만 맥주를 마신 뒤 다다미방과 침대방 사이의 미닫이문을 닫고 잠자리에 누웠어요. 007은 아무 말 하지 않고 불을 껐지요. 여자 없인 못 사는 그가 물엿같이 끈끈하게 달라붙을까봐 걱정스러웠는데 아무런 수작을 걸지 않으니 다행이었어요. 하긴 그는 억지로 구애를 하는 스타일은 아니니까요. 폼에 죽고 폼에 사는 남자들은 속이 지글지글 타들어가도 겉으로는 신사인 척한답니다.

잠자리가 바뀌어서 그런지 술을 마시다 말아서 그런지 나는 좀처럼 잠이 오지 않았어요. 뿔테 안경 너머 작은 눈을 번뜩거리던 301호의 얼굴이 몽롱한 머리맡에서 떨어져나가지 않아 자꾸 몸을 뒤척였지요. 설마 그가 나를 잡으러 일본까지 따라오지는 않았겠지만 그것도 장담할 수는 없는 일이에요. 집요한 성격의 스파이들은 십 년 뒤라도 복수를 하곤 하니까요. 먼 훗날에 나도 301호와 똑같이 눈을 찔려 쓰러지게 될지 모르죠. 눈에는 눈, 그러니까 팃 포 탯(tit for tat)이란 법칙대로요.

"007, 나는 당신에게 몇번째 본드걸이었지요?"

나는 미닫이문 너머의 007에게 말을 걸었어요. 고작 얇은 미닫이문 하나일 뿐이었지만, 그에게 내 목소리가 가 닿을지 염려하면서요.

"글쎄…… 모르겠는데. 열 명까지는 기억하고 있었는데 그 다음은 잊어버렸어."

나는 베개를 베고 가만가만 들려오는 목소리를 들었어요. 웬일인지 그의 목소리가 오랜 항해중 멀리 다른 배에서 나는 기적 소리처럼 반갑게 들리더군요.

"당신은 머리가 비상하잖아요."

"특별히 기억하고 싶지 않은 일들도 있는 거야."

"어째서요? 여자들은 당신의 인생을 즐겁게 만들어주지 않나요?"

"……"

"007, 잠들었어요?"

007은 예전에도 늘 그랬듯이 나보다 먼저 잠이 든 모양이었어요. 그는 매번 내가 말을 시켜도 잠이 들어버렸지요. 규칙적인 숨소리를 듣고 있노라니 그의 겨드랑이로 파고들어 잠이 들던 때가 떠오르더군요. 과거의 연인을 미닫이문 너머에 두고 아무렇지 않게 잠들어버린 007을 이해할 수 없었어요. 그는 도시락 폭탄이라도 베고 누울 만큼 고단한 걸까요? 아니면 신경이 둔한 걸까요? 만약 그런 거라면 어떻게 잠을 자다가도 적의 접근을 귀신처럼 눈치채는 걸까요? 나는 이제 본드걸이 아니므로 여자로 보이지 않는가봅니다. 나는 그를 불편하게 만들고 싶어서 그의 앞에 나타났는데, 그는 나를 전혀 불편하게 생각하지 않는군요. 나는 불쾌했습니다.

007과 나는 한 팀인데, 이렇게 007이 밉살맞으니 어떻게 해야 할까요? 그를 미워한다고 해서 그와 나의 임무가 실패해도 좋은 건 아니겠지요. 망명을 원하는 스파이 백색공포를 데리고 무사히 비행기에 올라타야 우리의 임무가 끝나는 건데요. 007과 나의 관계를 알면서도 우리에게 같은 임무를 맡긴 M을 나는 이해할 수 없었습니다. 물론, 그물처럼 얽혀 있는 거대한 조직 안에서 개인적인 감정 같은 건 고려되지 않겠지만요.

나는 상처용 연고를 바른 이마를 손가락으로 조심스럽게 만져보았어요. 나는 어제까지 오란실이었고, 그보다 조금 전에는 암호명 나비더듬이였고, 또 그전에는 본드걸 미미였고, 또 그전에는……

도대체 나는 누구일까요? 나는 내가 어쩌다 스파이가 되어버린 건지 알 수 없어 혼란스러웠지요.

—나는 그냥 순순히 본드걸의 자리에서 물러나 일상으로 돌아가야 했을까요?

—그러나 나는 그가 나를 버리고 떠나간 세계를 이해할 수 없어서 그 세계로 들어가보고 싶었어요.

—나는 노량진 고시원에 들어가 공무원 시험 준비를 하며 사랑한다는 말을 쉽게 하지 못하는 인상이 순한 남자와 연애를 시작했어야 할까요?

—그러나 나는 모든 것이 그대로 끝나버리는 것을 용납할 수 없었어요.

—나는 차라리 007의 얼굴을 다시 보지 말았어야 좋았을까요?

나는 간신히 잠이 들었다가 몇 번이나 깨곤 했어요. 꿈속에서 애꾸에 외팔이가 된 301호는 커다란 쇠스랑을 들고 내 발꿈치를 찍으려고 했지요. 나는 빨랫감이 잔뜩 널린 마당에서 요리조리 쇠스랑을 피하다가 빨랫줄을 타고 하늘 높이 뛰어오르려 했어요. 그러나 몸이 너무 무거워서 높이 뛰어오를 수가 없었지요. 301호의 쇠스랑이 내 발꿈치를 찍을락 말락 하여 나는 내내 가슴을 졸이며 007의 이름을 불렀어요. 007은 뭉게구름 위로 훌쩍 날아올라 조그만 호리병 안으로 숨어버리더군요. 나는 007이 미워서 301호에게 호리병을 넘겨버리려 했지만, 301호는 쇠스랑 찍기에 몰두하느라 내 말을 듣지 않았어요.

나는 꿈을 꾸면서도 몹시 애가 달았어요. 부리나케 컵라면 스프를 뜯어 면발과 뒤섞고, 그것에 성냥불을 붙여 301호에게 던졌지요. 스프는 실상 화약가루였기에 컵라면 폭탄은 굉음을 내며 터졌어요. 나는 폭발음 사이로 007이 누군가를 부르는 소리를 들었지요. 그 소리에 퍼뜩 놀라서 꿈에서 깨어나버렸고, 반사적으로 베개 밑에서 주방가위를 꺼내들었어요.

"누구얏!"

미닫이문을 열고 다다미방에서 뛰어내린 나는 침대 쪽으로 달려들었습니다. 007이 침대 옆 스탠드 불을 켜고 나서야 아무 일도 벌어지지 않았다는 걸 깨달았지요.

"아무 일 없어요?"

"으응, 가위에 눌렸어. 아무 일 아니야."

나는 들고 있던 주방가위를 침대 옆 탁자 위에 내려놓았어요. 스탠드 불빛에 눈이 부셔 찡그리고 있는 007의 이마는 땀으로 촉

촉하게 젖어 있었지요.

"내 꿈엔 당신이 나타나면 악몽이에요."

"미안해."

예전에 미처 듣지 못했던 미안하다는 말에 똘똘 뭉쳐 있던 마음이 조금 풀어졌습니다. 생각해보니 그는 예전에도 곤히 잠을 자다가 가끔 악몽을 꾸었다고 나를 깨우곤 했어요. 내 가슴을 더듬어 잠이 든 나를 깨울 때 그는 꼭 엄마를 찾는 아기 같았지요. 남자는 아무리 나이가 들어도 아기 같은 구석이 있어요. 입을 조금 벌리고 무방비로 자고 있을 때가 특히 그렇지요. 사랑하지 않을 때는 입가에 침이 말라붙은 모습이 꼴사납고 칠칠찮아 보이지만, 사랑하고 있는 때는 그렇게 귀여울 수가 없어요. 코를 조금 고는 것쯤은 자장가로 들어줄 수 있고요.

"007, 당신도 무서운 게 있어요?"

"없어. 어서 자도록 해."

그는 등을 돌리고 이불을 돌돌 말아 코밑까지 끌어올렸어요. 잠을 깨워놓고서도 아무렇지 않은 듯 말투 한번 쌀쌀맞더군요. 그는 매사에 제멋대로예요. 처음에는 그가 친절한 사람인 줄 알았으나 알면 알수록 예의는 눈곱만큼도 없더군요.

나는 어쩌면 007이 악몽을 꾸면서 죽음을 연습하는지 모르겠다는 생각을 했어요. 죽음은 어떤 면에서 악몽을 닮아 있을 것 같아요. 어둡고, 몸이 말을 잘 듣지 않고, 더럭 겁이 나고, 온전히 혼자

이겠지요.

나는 그가 다시 잠이 들도록 스탠드를 꺼주었어요. 톡 스위치를 누르자마자 다시 깊은 잠 같은 어둠이었습니다. 그런데 그때 그가 몸을 돌려 내 어깨를 잡아끌었어요. 나는 얼결에 이불 위로 엎어지게 되었지요. 그의 몸과 내 몸 사이로 두툼한 오리털 이불이 있었으나 나는 익숙한 그의 몸을 느낄 수 있었어요.

"어맛, 왜 이래요."

"잠깐만 이렇게 있자, 잠깐만."

나는 007과 약간의 실랑이를 하다가 오리털 이불 속으로 들어가고 말았어요. 그의 이마를 들이받고 이불 밖으로 빠져나와야겠다고 생각을 했지만 나는 늘 생각이 한 박자씩 늦고, 행동 또한 몇 박자 늦어서 기회를 잃어버리고 만 것이지요. 나는 훌륭한 스파이가 되기엔 순발력이 부족한 것 같아요.

나는 예전에 그랬던 것처럼 양 한 마리, 양 두 마리, 양 세 마리를 세다가 "이, 악당!" 하고 소리를 질렀습니다. 007은 내가 더이상 소리를 칠 수 없도록 입술로 입을 막아버렸어요. 나는 별수 없이 그의 입 속에서 혓바닥을 굴리며 다시 양을 세었지요. 그에게 리듬을 맡기고 보니 오래 전과 달라진 것이 하나도 없는 것 같았어요. 그는 마른 풀을 잘 뜯어먹은 양처럼 털이 복슬복슬하고, 따뜻했지요. 나는 체위를 바꾸느라 잠시 양을 버려두었다가 이어서 양을 세기 시작했어요. 양 서른세 마리, 양 서른네 마리, 양 서른다섯 마리······ 우리에겐 양이 아주 많고, 그래서 셈을 하느라고 숨이 찼어요. 아, 그러나 우리는 이미 헤어져버리고 만걸요. 양을 세면 셀수록 머리가 아파왔고, 혼란스러웠어요. 그만 양떼를 몰고 집으로 돌아가고 싶었어요. 나는 더이상 본드걸이 아니잖아요.

『5분 일본어 회화』를 읽는 일은 따분했습니다. "여기에서 가장 가까운 역은 어디입니까?" "여권을 도난당했어요" "제 취미는 음악감상입니다" 같은 말만 나와 있을 뿐, "너의 목을 따겠다"나 "손들어" 같은 말은 나와 있지 않았으니까요. 대개의 어학교재들에는 실생활에 꼭 필요한 말이 빠져 있기 일쑤입니다. 나는 이 다음에 스파이계에서 은퇴하게 되면 실용적인 스파이용 어학교재를 집필해보아야겠다고 마음먹었어요. 그 교재는 "오늘밤 함께 보낼까요?"와 같은 로맨틱한 문구부터 "네 입에 폭탄 넣어주랴?"와 같이 다소 거친 말까지 실전에서 사용 가능한 각 나라의 표현들로 채워지겠지요.

나는 한국인 관광객으로 위장을 하여 일본어 교재를 읽으며 료

칸에서 점심식사를 하고 있었습니다. 달아서 입에 맞지 않는 달걀말이와 싱거운 죽순을 억지로 입에 넣고 침침한 눈을 비비고 있었지요. 어젯밤 007이 옆에 누워 있어서 잠을 푹 자지 못했거든요. 그는 늘 그랬듯이 섹스를 마치자마자 퍽도 잘 자더군요. 설탕물을 한 바가지 마시고 포만감을 느낀 것처럼 만족스러운 얼굴로요.

아침에 007보다 일찍 잠에서 깬 나는 눈을 감고 그가 일어나기를 기다렸어요. 그가 눈을 뜨고 가장 먼저 무슨 말을 할까 의문스러웠거든요. 그러나 그는 굿모닝키스는커녕 아무 말도 하지 않았습니다. 아니, 시계의 긴 바늘이 한 바퀴 돈 다음에야 무표정한 얼굴로 말을 하긴 했는데 그 말이란 것이 "무슨 화장을 그렇게 오래해?"와 "수건을 죄다 적셔놓으면 어떡해"였답니다. 그는 어젯밤 그가 안고 잔 것이 애완용 아기돼지라도 되는 듯 행동하고 있었어요. 하다못해, "잘 잤어?"라든가 "어제는 미안했다" 같은 말 한마디도 없었어요.

어젯밤 두 사람 사이에 아무 일도 없었던 척하다니 그는 정말 가증스러운 인간입니다. 실컷 양떼를 몰아놓고 다음날 아침에는 양가죽을 벗겨 흔적도 없이 공장에 팔아버린 것이지요. 그러고는 양떼 같은 건 있지도 않았다고 시치미를 떼고 있습니다. "이봐, 어디서 양이 우는 소리가 들려?" 하고요. 그렇게 배신을 당하고도 또 그에게 속아넘어가다니, 혹시나 그가 관계를 다시 시작하고 싶어하는 줄 알았다니 나는 바보입니다. 섹스는 불한당 007에게 땅콩 한 개 까먹는 것같이 일상적인 일인데요. 그는 땅콩을 하도 많이 까먹어 이젠 몇 봉지를 까먹었는지도 알지 못해요.

나는 007이 미웠으나 분노를 터뜨리지는 않았어요. 아무런 효과 없는 분노를 터뜨리는 것은 어리석은 일이지요. 무표정한 얼굴에 대고 "왜 어젯밤 나와 함께 잔 거지? 콜걸을 부를 돈이 부족했던 거야?" 하고 따져보았자 자존심만 상해요. 나는 어떻게 하면 이 모욕감을 갚아줄 수 있을지 앞으로 매우 주도면밀하게 고민해볼 작정이었어요. 스파이라면 누구나 집요함을 가지고 있으니까요.

료칸의 노천탕으로 스파이 백색공포를 만나러 간 007은 한 시간 후 혼자서 아래층으로 내려왔습니다. 나 역시 007을 따라 료칸을 빠져나왔지요. 그를 미워하는 마음으로 인해 임무를 망칠 수는 없다고 다짐했어요. 나는 스파이이고, 이번 일에 있어 그는 일종의 사업 파트너라고요. 여자는 사랑 때문에 일을 망치는 일이 잦다는 편견을 버려주세요.

007은 백색공포의 망명을 믿을 수 있을 것 같다고 말했습니다. 위장망명은 아닌 것 같다는 얘기였지요. 백색공포는 오후 네시까지 쇼핑몰 캐널시티의 야외광장으로 나오겠다고 약속을 했답니다. 우리는 스파이 백색공포와 내연녀를 우선 시모노세키 항까지 데리고 갈 계획이었습니다. 백색공포가 들고 올 서류가방이야말로 M이 기다리는 것이겠지요. 서류가방 안에는 적국의 해군이 보유한 암호기계에 대한 기밀문서와 미사일 인증코드가 들어 있답니다.

007과 나는 아소산 입구에서 소프트아이스크림 장수로 위장하고 있는 스파이 014가 마련해준 자동차를 타고 일찌감치 캐널시티 앞에 도착했습니다. 007은 스피드가 빠르기로 소문난 차 안에서 시동을 걸고 있고, 나는 야외광장이 내려다보이는 이층 옷가게 앞에 서서 검은 망토를 두른 여자와 서류가방을 든 남자를 기다렸어요. 그러나 웬일인지 네시가 지나도록 두 사람은 나타나지 않더군요. 나는 애가 달아서 야외광장 앞으로 내려가 주변을 샅샅이 돌아보았지만 백색공포로 보이는 남자는 찾을 수 없었어요. 야외광장에는 외발자전거를 타고 묘기 부리는 피에로를 구경하는 인파만 가득하더라고요.

나는 네시 십분까지 기다렸다가 인포메이션 앞을 확인한 뒤 007이 기다리고 있는 자동차에 올라탔어요. 자동차는 계획이 어긋났을 때 백색공포와 만나기로 한 시모노세키 항으로 곧장 달려갔지요. 이상하게도 불안한 기분이 들었어요. 외발자전거를 타던 빨간 모자 피에로의 얄궂은 미소가 자꾸만 머릿속에서 떠올랐어요.

007과 나는 시모노세키 항에서도 스파이 백색공포를 만나지 못했습니다. 우리는 벳푸의 호텔로 돌아가 백색공포에게 은밀히 연락을 시도하는 한편, 014의 연락을 기다렸어요. 우리들이 저녁식사도 제대로 하지 못하고 아홉시를 넘길 무렵, 아이스크림 장수 014에게서 연락이 왔습니다. 나는 그를 만나기 위해 방에 비치되어 있던 유카타를 입고 호텔 내의 전통공연장 안으로 들어갔지요.
어두운 객석 뒷자리에 앉아 있자 어떤 남자가 옆자리로 다가와 말
을 걸었어요.

"오늘 요구르트와 소프트아이스크림을 다 팔았어요. 아소산에
서 난 신선한 우유로 만든 것이니까요."

"7에다 13을 더하면 20이지요."

스파이 014와 나는 신원을 확인한 뒤 낮은 목소리로 대화를 나
누었어요.

"오늘 낮 아소산 인근에서 한 환자가 남자 간호사들에 둘러싸
여 경비행기에 실리는 걸 본 사람이 있답니다. 화상환자처럼 온
몸을 흰 붕대로 감았다더군요."

"투명인간같이 몸을 친친 감았다고요?"

"예."

"환자의 배가 심하게 나왔답니까?"

"그건 왜요?"

"백색공포는 체구가 크고 배가 늘어진 뚱보래요."

"그건 잘 모르겠고, 남자인 것 같더랍니다. 느낌이 좋지 않아
요."

"여자는 없고요?"

"예."

"비행기가 어디로 갔는지 알 수 없겠죠?"

"다시 알릴 내용이 있으면 연락드리겠습니다."

스파이 014는 나보다 앞서 자리를 떴고, 나는 오 분가량 어둠 속에 더 앉아 있다가 호텔방으로 향하는 복도를 걸었습니다. 웬일 인지 마음이 급했지요. 나는 어서 방으로 돌아가고 싶었어요. 하 지만 유카타의 폭이 좁아서 게다 신은 발을 종종걸음 치듯 놀려야 했지요. 나는 당장이라도 게다짝을 집어던지고 복도를 달려가고 싶었습니다. 그리고 게다 탓에 엄지발가락과 집게발가락 사이가 쓰라리다고 느끼는 순간 등뒤에서 인기척이 느껴졌지요.

순식간에 뒤에서 나를 덮친 자는 가느다란 철사로 내 목을 졸랐 어요. 나는 손가락으로 철사를 풀어내려 했지만 철사는 살갗을 파 고들어 잡히지 않았지요. 숨이 막혀서 정신이 깜박 나갈 지경이었 어요.

나는 빨리 정신을 차리고 유카타 안쪽에 숨겨가지고 나왔던 주 방가위로 암살자의 어깨를 찔렀어요. 몇 초만 늦었더라면 숨이 끊 어져버렸을 테지요. 나는 어깨에 가위를 꽂고 있는 암살자와 격투 를 벌여야 했고, 그가 회칼을 휘두르기 전에 게다짝을 던져 턱을 날려버렸답니다. 사무라이 나라의 신발이라 그런지 게다는 고무 신보다 무기로 사용하기에 적합하지요.

"너의 정체는 뭐지? 하이드가 보냈어?"

턱이 빠진 암살자는 대답하기가 싫었나봐요. 그는 내가 회칼을 빼앗아들자 부끄럽다는 양 비상구를 타고 도망가버렸어요. 그가 계단 아래로 쏜살같이 내려가지 않았다면 그가 내 목을 졸랐듯 나도 그의 목을 어루만져주었을 텐데요. 나는 그제야 목이 쓰라리다는 것을 깨달았고, 목을 만져본 다음에 손가락에 묻은 피를 보았지요. 한동안은 터틀넥을 입거나 목에 스카프를 둘러야 할 듯싶었습니다.

나는 게다를 벗고 맨발로 복도를 걸으며 007이 남아 있는 호텔 방으로 돌아가야 할지 말아야 할지 고민을 했습니다. 긴 복도는 아무리 걸어도 끝이 보이지 않고, 엘리베이터마다 문이 열리고 암살자가 튀어나올 것 같았어요. 나는 아주 깊고 어두운 맨홀 속으로 점점 더 빠져들고 있는 기분이었어요.

만약 암살자가 나를 노렸다면 007이나 014 역시 그냥 내버려두지 않았겠지요. 나는 목은 물론 어깨까지 쑤셔서 그 자리에서 아무 방으로나 뛰어들어 숨고 싶은 심정이었어요. 혼자 여행을 온 미남자가 아니라 신혼부부의 방이라도 상관없을 것 같았지요. 그까짓 007 죽어도 좋아, 하는 생각도 들었어요. 악당이 아니라도 내가 목을 조르고 싶은 심정이었으니까요. 하지만 내 벗은 발은 007이 기다리고 있는 방으로 어김없이 향하고 말았습니다.

아니나 다를까, 방문이 살짝 열려 있었어요. 나는 문을 살그머니 밀어 훌쩍 방으로 뛰어들었지요. 링 위로 가뿐하게 뛰어오르는 라이트급 복싱 선수가 되어서요.

007이 두 명의 암살자과 싸우는 판은 무척 지루하게 펼쳐지고 있었습니다. 야밤의 암살자들은 무슨 까닭인지 소음기가 장착된 권총을 지참하지 못했나보지요. 방바닥에는 싸움의 치열함을 증명하듯 손도끼, 갈고리, 쌍날 창 등등이 떨어져 있었고, 007은 손목시계로 레이저를 쏘아대며 암살자들을 막아내고 있었어요. 나는 목에 난 상처도 치료해야 했고, 갈증이 나서 냉장고에 든 맥주를 마시고 싶기도 했기에 판을 빨리 끝내기로 마음먹었습니다. 나는 전기톱으로 007의 배를 썰려고 실랑이하던 꺽다리에게 뒷머리에 꽂고 있던 은비녀를 던졌지요.

"여기가 정육점인 줄 알아?"

꺽다리가 침대 위로 쓰러지자마자 뒤에서 007을 노리던 난쟁이 여자는 뒤로 물러나는 척하면서 다리가 긴 죽마를 타고 우산을 휘둘렀어요. 그녀는 우산꼭지로 007의 다리를 찌르려 했으나 007은 발로 벽을 차며 천장으로 뛰어올라서 공격을 피했지요. 그녀는 내가 전기 스탠드로 뒤통수를 갈기자 우산을 떨어뜨린 채 콩콩콩 죽마를 타고 방에서 도망쳐버렸습니다.

"괜찮아요?"

"으응. 그런데 목이 왜 그래? 빨간 줄이 그어진 게 꼭 잘린 목을 밥풀로 붙여놓은 것 같군. 게다가 머리는 산발이라니."

"목숨을 구해주었더니 무슨 소리?"

007은 대답은 하지 않고 난쟁이 여자가 떨어뜨리고 간 검정 우산을 집어들었어요.

"우산 속에는 탄환이 들어 있겠죠?"

"응, 탄환 구멍엔 설탕으로 싸인 맹독성 리신이 들어 있을 거야. 우산꼭지에 찔렸으면 설탕이 혈액에 녹아 리신이 몸 안으로 스며 들었겠지."

나는 은비녀를 귓구멍에 깊숙이 꽂은 채 침대 위에 널브러져 있는 꺽다리 암살자를 들여다보았어요. 맥박이 뛰는지 확인하고, 눈꺼풀을 벌려 손전등 빛을 비추어보았지요. 동공이 움직이지 않았어요. 그는 내가 살인면허를 받은 뒤 제대로 죽인 첫번째 사람이로군요. 나는 미동도 하지 않는 그의 눈동자를 손가락으로 꾸욱 눌러보았어요. 죽은 게 확실했어요. 그러나 특별한 느낌은 없었어요. 그는 시체이고, 나는 살인자일 따름이에요. 나는 비로소 스파이란 존재에 가까이 가게 되었는지도 모르죠. 나는 007이 언젠가 그랬던 것처럼 누군가에게 말하게 될 거예요.

"당신은 날 몰라. 아마 영원히 이해할 수 없겠지. 난 스파이야."

007은 소형 카메라로 죽어 있는 자의 사진을 찍었어요. 나는 일부러 그가 카메라를 쥐고 시체를 옆에서 들여다보는 찰나 귓구멍에 꽂힌 은비녀를 뽑았지요. 귀에서 솟구친 빨간 피는 007의 얼굴을 정육점에 걸린 살코깃덩어리로 만들어버렸어요.

"이게 무슨 짓이야!"

"오오, 미안. 난 원래 실수연발이잖아요. 누군지 아는 자예요?"

나는 웃음이 나오려는 것을 참고 시치미를 떼었어요.

"몰라. 어서 철수해야겠어. 흔적부터 지우고."

007은 빨간 피가 튄 와이셔츠를 벗고, 욕실에 들어가 세수를 하고 나왔어요. 그가 들고 있는 수건에 붉은 얼룩이 묻어 있더군요.

"목에 소독약이나 좀 발라줘요. 정말 아프다고요. 세균에 감염될지도 몰라요."

"약이 어딨어."

"목에 흉터가 남으면 어떻게 해요. 목선은 여성미의 상징인데."

"엄살은 그만둬."

그래요. 엄살은 사랑에 빠진 애인이나 부모에게나 부릴 수 있는 것이겠지요. 나는 어젯밤 악몽을 꾼 007을 보고 연민을 느꼈던 것, 그와 체액을 나누었던 것을 다시 한번 후회했어요.

나는 설움이 북받친 나머지 수화기를 들고 바다 건너 언니의 집으로 전화를 걸 수밖에 없었어요. 늦은 시간인데 아무도 전화를 받지 않더군요. 다시 호텔방의 전화기로 갈빗집에 전화를 걸었어요. 연변 아주머니는 내 말을 잘 못 알아듣고 "응? 응?" 하다가 "사장?" 하더니 언니를 바꾸어주었어요.

"언니! 나, 013, 아니, 오란, 아니 미미야."

언니를 마지막으로 본 것이 스파이 교육을 받으러 성냥공장에 들어가기 전이니 얼마나 반가운 일인가요. 언니 역시 반가워 죽겠다는 목소리로 어떻게 된 일인지 묻더군요. 언니는 해외지사에 파견 나가 있다는 내 얘기에 안심을 하는 눈치였어요.

형부의 안부를 묻자, 언니는 언성을 높이면서 그 웬수를 집에서 쫓아내버렸다고 하더군요. 형부는 지금 싸구려 여인숙에 머물면서 채식주의자협회와 고라니사랑동호회 일을 활발히 펼치고 있다고 해요. 언니는 말을 하기를, 남자는 딱 두 가지 종류로 나뉘는데, 그것은 돈 많은 남자와 돈 없는 남자라고 했어요. 언니는 형부 얘기라면 넌더리가 난다는 듯 갈빗집 옆 순댓국집을 사서 가게를 넓혔다는 얘기를 아주 길게 하더군요. 얼마는 대출을 받고, 얼마는 곗돈을 타서 썼다지요. 그러나 내가 형부 일을 꼬치꼬치 캐묻자 이렇게 말을 바꾸었어요.

"실은 그 인간이 제 발로 집을 나갔어. 낮밤으로 무능한 주제에 조기축구회는 뭐 하러 나가냐고 소릴 질렀더니 추리닝 입고 나가서 안 들어오더라."

"형부 얼굴 보지 않는 게 소원이라더니 잘 됐네."

"그건 그런데…… 애가 지 애비를 찾아서 골치야. 얼른 들어와야 애 학교 급식 당번날 밥 푸러 보낼 텐데……"

나는 언니가 형부와 도로 합칠 생각인지 어쩐지 더 묻고 싶었으나 옆에서 007이 빨리 끊으라고 재촉을 하고, 언니도 갈빗집 문을 닫아야 해서 바쁘다고 하는 바람에 전화를 끊어야 했습니다.

"호텔에서 전화 걸면 전화비가 얼만지 알아?"

나보고 따지지 말라고 하더니, 007은 내가 수화기를 내려놓기도 전에 따지더군요.

"얼마가 들든."

"적에게 노출된 호텔방에서 전화를 걸다니 얼마나 위험한 일이야. 갈빗집에서 폭탄이 터지게 하고 싶지 않으면 허튼 짓 말라고."

듣고 보니, 마지막 말은 일리가 있었어요. 그래서 나는 언니에게 전화를 건 것을 후회했지요. 나로 인해 언니가 위협받는 일이 있어서는 안 돼요. 스파이는 시도 때도 없이 감정에 흔들려서는 안 되지요. 이제부터 과거와 인연을 끊겠어요, 단호히.

"가방을 차에 실을까요?"

나는 머쓱한 것을 감추고 안 그런 척 007에게 말을 걸었어요.

"차는 버릴 거야."

"작전이 새어나간 거죠?"

"그런 것 같아. 요즘 들어 작전마다 실패야."

"본부에 두더지가 있는 건 아닐까요? 아니면 014?"

"알 수 없지. 우리 두 사람 중 누군가가 두더지인지도."

007과 나는 렌트카를 타고 모지 항으로 향했습니다. 모지 항의 다리 앞에서 스파이 백색공포의 내연녀 미스 플라워를 만나기로 했으니까요. 백색공포가 숨겨둔 마이크로필름을 가지고 있는 미스 플라워는 스파이 014에게 신변보호를 요청했다고 합니다. 우리는 스파이 백색공포를 잃은 대신 미스 플라워와 마이크로필름이라도 무사히 바다 건너로 데려가야 했어요.

"내연녀가 지금은 어디 숨어 있는 거죠?"

"몰라. 014에게도 말하지 않았다는군. 그녀도 목숨이 위태롭다는 걸 알고 있으니까. 그녀를 데려가려면 모지 항에서 만나는 방법 외엔 없어."

"그런데 014의 말을 믿을 수 있어요? 함정일지도 모르는데."

"함정이라도 어쩔 수 없어. 부딪쳐봐야지. 지금으로선 달리 도리가 없잖아."

"오늘 접선에 대해 알고 있는 자는 누구죠?"

"014, 나, 당신, 본부의 당직자와 이번 작전 책임자 몇 명, 그리고 M."

자동차는 모지 항 근처의 담배자판기 앞에 멈춰 섰습니다. 나는 차에서 내려 개폐식 다리라는 '블루 윙 모지' 앞으로 천천히 걸어갔지요. 나는 다리를 절고 있었어요. 왼쪽 구두 안쪽에 조그만 돌멩이 한 개를 집어넣었거든요. 일부러 다리를 저는 척하지 않아도 발바닥을 찌르는 돌멩이 탓에 왼쪽 다리가 불편했습니다. 나는 순간 완벽한 절름발이가 되어야 했어요.

날은 벌써 어두워졌고, 바람이 차가웠습니다. 나는 사방 어디선가 총알이 날아올지 모른다는 생각을 하였어요. 방탄조끼를 입기는 하였습니다만, 노련한 저격수들은 조그만 머리통도 꿰뚫곤 하지요. 바다에서 불어오는 바람 때문인지, 그렇지 않으면 겁이 나서인지 계속해서 몸이 떨려왔어요. 적장의 목을 따기 위해 홀로 적지로 향하는 외로운 자객이 된 기분이었어요.

약속한 대로 스머프 인형을 안고 절뚝거리며 다리 앞을 서성이자 스파이 014가 설명해준 인상착의의 여인이 나타났어요. 바바리코트를 입고 살굿빛 머플러를 두른 금발머리 여자였지요. 그런데 스머프 인형을 머리 위로 높이 들어올리려는 순간 그녀의 오른

편으로 또 한 여자가 나타났습니다. 그녀 역시 바바리코트에 살굿빛 머플러를 두르고 있는 게 아니겠어요?

쌍둥이같이 닮은 차림의 두 미녀는 대체 무엇일까요? 나는 당황했지만 두 금발머리가 내 앞으로 한 발 더 다가오기를 기다렸지요. 두 여자는 둘 다 내 앞에서 구둣발을 멈추었어요.

스파이 백색공포의 내연녀를 직접 만난 사람은 아무도 없습니다. 014도 미스 플라워의 목소리만을 알지요. 나는 두 여자 가운데 한 명은 분명 가짜, 그러니까 적국의 스파이라는 것을 알 따름입니다.

두 쌍둥이 여인은 나에게 똑같이 말을 걸어왔고, 내가 스파이 013인지 확인하려 했고, 둘 다 자신이 미스 플라워라고 했고, 똑같이 검은 가죽가방에서 숨겨온 물건을 내밀었습니다. 검은 구두 여자는 호두알 한 개를, 갈색 부츠 여자는 콘텍트렌즈 케이스를. 검은 구두 여자는 백색공포가 빈 호두 껍데기 속에 마이크로필름을 감추어두어서 적들이 호텔방을 뒤집어놓고도 결국 찾아내지 못했다고 했지요. 갈색 부츠 여자는 욕실의 콘텍트렌즈 케이스에 숨겨놓았기에 가까스로 마이크로필름을 건져낼 수 있었다고 했어요. 내가 그녀들의 말을 잘못 알아들은 게 아니라면요.

"저 여자는 누구죠?" / "저 여자는 가짜예요."

"저를 살려주세요." / "저는 위험에 빠져 있어요."

두 사람의 미스 플라워는 둘 다 영어로 말을 했고, 그래서 나는 귀를 기울여 말을 들어야 했어요. 처음으로 어려운 임무를 맡아 정신이 없는 판에 언어적 장벽까지 따라오면 작전을 그르치게 되잖아요.

두 여자는 똑같이 나에게 매달렸습니다. 지금 이 자리에서 어느 것이 진짜 마이크로필름인지 확인할 수 없는 나로서는 쌍둥이 가운데 어느 여자를 구해주어야 할지 알 수 없었어요.

"백색공포는 어떻게 사라졌죠?"

나는 그녀들을 번갈아 바라보며 질문을 던졌습니다.

"그이는 내가 호텔 안 미용실에 다녀온 사이 사라져버렸어요. 다음날 그이와 떠날 준비를 하느라고 미용실에 들렀거든요. 미용사가 가위질을 조금만 더 빨리 했더라면 저도 목숨을 부지하지 못했을 거예요."

갈색 부츠 여자는 그렇게 말하는 것 같았습니다.

"그건 제가 할말이에요. 그런데 그이가 어디 있는지 아세요? 그이는 어디로 끌려갔죠?"

검은 구두 여자는 그렇게 묻는 것 같았습니다.

"그는 흰 붕대로 친친 감겨서 비행기에 실린 것 같아요. 환자로 위장되어서. 죽었다고 생각하는 편이 좋아요."

나는 두 쌍둥이의 얼굴을 바라보며 더듬더듬 말을 했습니다. 붕대라는 단어가 빨리 생각나지 않아 조금 애를 먹었지요.

"세상에!"

두 여자는 똑같이 비명을 질렀습니다. 나는 구두코로 갈색 부츠 여자의 배를 힘껏 걷어찼지요.

"가짜는 너야!"

갈색 부츠 여자는 뒤로 몇 발짝 물러나며 휘청거리긴 했으나 균형감각이 남다른지 발라당 넘어지지는 않았어요. 그녀는 바바리 코트 안쪽에서 권총을 꺼내 나에게 총구를 겨누더군요. 내가 스머프 인형 뱃속에서 불가사리 모양 표창을 꺼내는 순간, 그녀의 권총은 야구공처럼 포물선을 그리며 날아가고 말았어요. 어느 틈에 나타난 007이 야구 글러브를 닮은 흡착기로 권총을 빨아들였거든요. 그는 곧이어 수면탄을 쏘아 갈색 부츠 여자를 생포했어요.

"저 여자가 가짜인 줄 어떻게 알았지?"

"백색공포에 대한 얘기를 할 때 두 사람의 표정을 보고요."

"확신했나?"

"아뇨, 세상에 확신할 수 있는 일이 어딨어요? 아무리 사랑이라 해도."

"실수였더라면 어쩔 뻔했어?"

"우선 건드려놓고 반응을 기다리는 거죠. 진짜였더라면 미안한 일이지만 장파열밖에 더 하겠어요. 목숨을 잃는 것에 비하면 양반이죠."

007과 나는 곯아떨어진 갈색 부츠 여자와 부들부들 떨고 있는 미스 플라워와 마이크로필름이 든 호두알을 자동차에 싣고 항구를 벗어났습니다. 007과 나는 임무를 수행할 때만 손발이 맞는가 봅니다. 우선은 그와 나를 위기로 몰아넣은 배신자를 먼저 색출할 때겠지요. 또다시 배신당하지 않으려면 배신자를 찾아내는 수밖에요.

그런데 배신자는 과연 누구일까요?

M.

C파트의 차장 강.

역시 C파트의 과장 최.

스파이 009.

스파이 014(아이스크림 장수).

스파이 005(종달새십장).

스파이 007.

그리고 나, 스파이 013.

나는 스파이 일일수첩을 펼쳐놓고 볼펜으로 끼적끼적 추리를 해나갔습니다. 정보국에서 '백색공포망명작전'에 대해 알고 있는 사람은 모두 여덟 명이라지요. M과 강과 최는 작전을 지휘 및 결재하고 있었고, 스파이 009는 나와 007이 살해되면 투입되기로 정해져 바다를 건너오는 중이었답니다. 스파이 014는 일본에서 우리의 작전을 도와주었고, 그의 밑으로 믿을 만한 첩보원 서너 명이 정보를 구해주었어요. 005 종달새심장은 이번 작전과 밀접한 관련은 없으나 미스 플라워를 만나러 가던 날 007이 본부에 연락을 취했을 때 당직자로 연락을 받은 사람이었습니다.

"007, 의심 가는 사람이 있어요? 누가 적에게 정보를 흘렸을까요?"

나는 의심이 가는 사람이 없지는 않았지만 007에게 말할 수 없었어요. 아직은 말할 단계가 아니라고 생각했거든요. 나는 이래 봬도 무척 신중한 사람이랍니다. 단순히 정에 이끌려서 입을 다물고 있는 것은 아니었어요.

"글쎄…… 배신자가 그렇게 쉽게 드러나진 않겠지. 하나하나 조사를 해나가자고."

"마이크로필름에 담긴 정보는 어때요?"

"쓸 만한 것도 있고 한물간 것도 있고 그렇다는군. 백색공포를 데려왔더라면 머릿속에서 꺼낼 수 있는 정보가 많았을 텐데."

"지금 와서 자책해봤자 소용없잖아요."

007의 방에서 대화를 나누고 있는 사이 취조담당 문형사가 문을 열고 들어왔지요. 그는 원숭이 엉덩이처럼 빨갛게 달아오른 얼굴로 심문을 받고 있던 가짜 플라워가 죽어버렸다고 말했어요. 아침식사를 주었는데 빵과 고기를 먹다가 쓰러져버렸다고요.

숲속의 은신처는 가짜 플라워의 죽음으로 소란스러워졌고, 오래지 않아 가짜 플라워가 죽은 이유가 밝혀졌지요. 그녀가 남긴 고깃덩어리에서 학정홍(鶴頂紅), 그러니까 학의 벼슬에서 추출한 동물성 독이 발견되었답니다. 누군가 음식에 몰래 독을 집어넣은 것이죠. 목격자도 없고, 은신처에 숨어든 자도 없어요. CCTV에 찍힌 용의자도 없고요. 범인은 은신처에 머무르고 있는 사람들 중 하나임이 분명해요. 그녀가 스스로 음식에 독을 탄 것이 아니라면요. 우리는 인도주의적 입장에서 고문을 하지 않고 고문도구로 겁을 줄 뿐인데, 가짜 플라워는 문형사의 울퉁불퉁한 근육을 보고 지레 겁을 먹어 자살한 걸까요? 상상이란 늘 실제보다 살이 찐 편이니까요.

은신처는 초비상에 들어갔습니다. 그 누구도 집 밖으로 나가서는 안 된다는 명령이 떨어졌고요. 문 밖으로 나가는 자는 곧장 쏘아 죽이라는 M의 명령에 사람들은 문을 걸어잠갔습니다. 진짜 미스 플라워는 파랗게 질린 얼굴로 007의 방에 뛰어들어왔지요. 미스 플라워는 풀어헤친 금발머리를 흔들며 괭이 울음을 울었고, 그래서 007은 그녀 곁을 떠날 수 없었어요. 그녀는 007이 화장실에 가면 화장실 문 앞까지 따라가고 007이 소파에 누우면 그 소파에 엉덩이를 밀어넣었습니다. 잠깐 007의 방에 들어왔던 M도 그들의 심상치 않은 모습을 보고 일찍 방에서 나갔어요.

미스 플라워와 007은 내가 알아듣지 못할 만큼 매우 빠른 영어로 말을 주고받으며 시시덕거리더군요. 더블오세븐, 더블오세븐, 미스 플라워는 더블오세븐이 무슨 주문이라도 되는 양 입에 달고 있어요. 공공칠이 아닌 더블오세븐은 귀에 설게 느껴집니다. 꼭 다른 사람의 이름을 부르는 것 같아요. 더블오세븐이라는 호칭으로 인해 007과 미스 플라워의 단란한 모습이 너무도 비현실적으로 느껴지는군요.

나는 이미 알고 있었어요. 돌아오는 배 안에서 그들이 은밀히 주고받는 눈길을 목격했어요. 양갱을 건네주고 건네받으며 서로 손을 스치는 장면도 보았어요. 그들은 내가 화장실에 간 사이 뱃전에 올라가 〈타이타닉〉 주인공을 흉내내었을 수도 있어요. 그러면 이번 작전의 본드걸은 미스 플라워가 되는 건가요? 도대체 미스 플라워의 목숨을 구해준 사람이 누구인데!

나의 예리한 눈은 그들이 마시려고 따라놓은 돔 페리뇽 위로 파리 두 마리가 날아가는 것을 놓칠 수 없었습니다. 방심한 채 날아가는 파리들을 손바닥으로 잇따라 세게 갈겼고, 파리 한 쌍은 사이좋게 목숨을 잃고 샴페인 잔 속으로 빠져들어갔지요. 그러나 그것만으로는 분이 풀리지 않더군요.

"누가 네 목숨을 노린다고 그래? 마이크로필름은 벌써 넘겼잖아. 네가 망명을 요청한 스파이인 줄 알아? 아무것도 아닌 너를 누가 암살한다고 요란이야? 넌 너희 나라로 꺼져!"

나는 007의 어깨에 머리를 비비고 있는 미스 플라워에게 소리를 질렀지요. 그녀는 내가 하는 말을 알아듣지 못하지만 내 표정을 보고 무슨 내용인지 눈치챈 것 같았어요. 그렇지 않았다면 그토록 매서운 눈초리로 째려볼 턱이 없지요. 007은 그녀의 얼굴을 보지 않아서 그녀가 얼마나 표독스러운지 몰라요.

"미미, 아니 013, 이게 무슨 행패야? 미스 플라워는 위험에 처해 있어. 어서 가서 가짜 플라워를 죽인 자가 누구인지나 조사해보라고."

007은 자신이 국제적으로 통하는 외모를 갖고 있다는 것에, 그것도 금발머리 미녀의 애정공세를 받고 있다는 것에 한껏 고양된 듯 목소리에 힘을 주더군요.

"그래요, 위험에 빠진 숙녀는 신사가 보호해야겠죠. 나는 무서운 암살자나 상대하겠어요."

나는 두 사람의 꼴을 도저히 보아줄 수가 없어서 방에서 나갔어요. 나는 007이 미스 플라워와 놀고 있는 동안 혼자서 범인을 잡아내겠다고 결의를 다졌지요. 사랑을 잃은 사람에게는 일이 보약이에요. 나는 소형 녹음기를 주머니에 넣고 은신처 안의 사람들을 한 명한 명 탐문수사했어요. 오늘 이곳에 머물고 있는 사람은 M과 C파트의 차장 강, 과장 최, 스파이 007, 009, 문형사, 그리고 나입니다. 아참, 그리고 미스 플라워가 있지요. 문형사와 스파이 009는 무슨 증거품이나 단서가 떨어져 있는지 샅샅이 뒤지고 있더군요.

　나는 은신처 안의 사람들을 조사한 뒤 커다란 스케치북에 그들의 행적을 꼼꼼하게 정리했습니다. '백색공포망명작전'과 관련 있는 사람들을 특히 유의하여 살펴보았지요. 그들이 한 이야기들 가운데 시간이 어긋나거나 앞뒤가 안 맞는 부분이 없는지, 알리바이는 확실한지 확인하는 작업은 무척 머리가 아팠어요. 나는 머리가 아프기도 하고, 사랑에 빠진 두 악마들 때문에 치밀어오른 울화가 좀체 가라앉지 않아서 얼음을 아득아득 씹어먹으며 일을 했어요. 냉동실에 얼려놓은 얼음을 한 대접 퍼다놓고 아득아득 아드득 씹으며 일을 하다보니 나중에는 머리가 아픈 게 아니라 어금니가 저리더군요. 혓바닥은 무감각해졌고요. 나는 빨리 범인을 잡고 치과에 가야겠다고 생각을 했어요. 이토록 짜증나는 상황을 견디는 것보다는 치과에 가서 치석을 긁고 잇몸을 쑤셔대는 편이 나을 것 같아요.

　007의 방에 노크를 하지 않고 들어간 것은 실수가 아니라 고의였어요. 일부러 문을 벌컥 열어젖히고 방 안으로 들어갔지요. 007과 미스 플라워는 달라붙은 두 개의 찰떡이 되어 키스를 나누고 있더군요. 방해꾼의 침입에 몸을 뗀 미스 플라워는 부끄럽지도 않은지 허벅지 위로 올라간 플레어스커트 자락을 끌어내리지도 않았어요. 파란 핏줄이 내비칠 만큼 투명한 살갗과 날씬한 허벅지를 자랑하고 싶은 것인지도 모르지요. 그녀의 표정은 "이 불청객아, 왜 방해를 하고 난리야"라고 항의를 하고 있었어요.

"내가 이 방에 들어온 것은," 나는 최대한 무뚝뚝한 표정으로 007에게 말했어요. "중요한 용건이 있어서예요."

"무슨 용건?"

"두 사람만 탐문수사를 받지 않았어요. 먼저 수사에 응하고 하던 일을 계속하세요."

007은 내 말을 미스 플라워에게 전해주었고, 그녀는 불쾌한 표정으로 007의 귀에 종알거리더군요. 007이 통역해주지 않아도 알아들을 수 있었어요. 무슨 까닭으로 자신이 조사를 받아야 하느냐, 지금 나를 의심하는 거냐, 고 따지는 거였지요.

"조사에 성역은 없어요."

나는 일부러 영어를 쓰지 않고 끝까지 우리말로 이야기를 했어요. 우리나라에서는 우리말을 쓰는 게 정상이고, 개미나라에서는 개미나라 말을 쓰는 게 정상이니까요. 내가 미스 플라워에게 영어로 말하지 않는 것이 영어회화 실력 탓이라고 생각하면 곤란해요. 스파이라면 어느 정도의 애국심은 필수예요.

"그래, 좋아. 나에게 먼저 물어보지그래."

나는 다른 사람들에게 물어보았던 것과 똑같은 질문을 007에게 했고, 그는 성실히 답을 해주었어요. 사건이 발생하기 바로 전에는 알다시피 나와 함께 방에서 대화를 나누고 있었고, 그전에는 주방에서 우유에 선식을 타먹었고, 그전에는 은신처 앞마당에서 과장 최와 테니스를 쳤다지요. 그의 말은 과장 최가 얘기한 것과 시간이 잘 들어맞았어요. 미스 플라워는 지루하다는 양 하품을 뻐끔거리다가 007이 조사를 받는 사이 소파에서 일어났지요. 화장품 파우치를 들고 나가는 폼이 화장실에 가려는 것 같았어요.

나는 탐문 내용을 손바닥만한 수첩에 적다가 007에게 양해를 구하고 잠시 자리를 비웠지요. 미스 플라워가 화장실에서 돌아오기 전에 따라가서 혼구멍을 내줄 작정이었어요. 복도 끝 화장실에 들어가자 안쪽 칸에서 물 내리는 소리가 들리더군요. 나는 손목시계에서 암살용 실을 뽑아내어 화장실 문 밖에 팽팽히 걸어놓았어요. 무릎 높이로 가로지르는 실에 걸려 넘어지지 않을 사람은 없겠지요.

세면대에서 물소리가 들리고, 삐그덕 하면서 화장실 문이 열리더군요. 내가 짐작했던 대로 미스 플라워는 실에 다리가 걸렸고, 앞으로 넘어지면서 손바닥으로 바닥을 짚었어요. 오오, 이렇게 고소할수가. 나는 비상계단 위쪽에 몸을 숨기고 그녀의 무릎이나 팔꿈치에 시퍼런 멍이 들기를 바라고 있었지요. 그런데 그녀는 손바닥으로 바닥을 짚은 뒤 사뿐히 텀블링으로 착지를 하네요. 그녀가 기계체조 선수 포즈로 텀블링을 하자 플레어스커트가 갈지(之)자로 휘날렸어요.

나는 등을 벽에 바짝 붙이고 숨을 죽였습니다. 미스 플라워는 다시 고상한 걸음걸이로 복도를 걸어가는군요. 그녀는 누구일까

168

요? 그녀는 진짜 미스 플라워가 맞는 걸까요? 어쩌면 그녀는 미스 플라워가 아닐 수도 있어요. 물론, 그녀가 미스 플라워일 수도 있겠지요. 그렇다면 나쁜 미스 플라워일 거예요. 애인인 백색공포와 나를 함정에 몰아넣은 악당일 수도 있지요. 그런 논리에 따르면, 진짜 미스 플라워라고 해서 반드시 우리 편일 거라고 믿었던 것이 우리의 실수였어요.

나는 혼자서 이 궁리 저 궁리를 하다가 007의 방으로 들어가 그를 데리고 나왔어요. 그는 방에서 나오면서도 자꾸만 미스 플라워에게 말을 하는군요. 걱정하지 마라, 곧 돌아오겠다, 무슨 일이 있으면 탁자 밑의 빨간 단추나 꽃병 장식을 눌러라. 007은 미녀는 모두들 천사에 가까울 것이라는 편견에 사로잡혀 있네요. 그는 훌륭한 스파이로서 갖춰야 할 냉철함을 진작 잃어버렸어요. 그래요, 그는 M이 될 수 없어요.

"007, 미스 플라워는 스파이예요. 스파이가 틀림없어요. 내가 알아냈어요. 내가요."

나는 007을 복도 끝으로 데리고 가서 귓속말을 했지요. 예상했던 대로 그는 내 말을 믿지 않았어요. 내가 보았던 것을 실제 이상 생생하게 설명했는데도 그는 믿지 않더군요.

"백색공포를 데려가기로 한 날 그가 끌려간 것도, 가짜 미스 플라워가 나타난 것도, 몽땅 그녀가 꾸민 음모예요. 가짜 미스 플라워의 고기에 독을 넣은 것도 그녀일 거예요. 범인은 그녀예요."

"013, 당신의 추리가 다 잘 들어맞는다고 생각해? 그러면 우리가 호텔방에서 습격당한 건 어떻게 설명할 건데? 그녀는 우리 숙소를 몰랐잖아. 그리고 가짜 플라워는 무슨 의도이지?"

"그건 그렇지만, 어쨌든 그녀는 악당이에요. 내 추리가 맞아요. 생각해봐요, 너무 잘 들어맞는 추리가 오히려 가짜라고요. 현실에는 늘 허점이 있기 마련이니까요."

"그만 해. 확실한 증거가 나오기 전까지는 독단적으로 행동하지 마. 미스 플라워가 밉다고 해서 그녀를 스파이로 몰아가는 건 지나치지 않아? 013이 질투가 심하다는 건 알고 있지만 말야."

"질투? 질투라뇨?"

"미스 플라워에게 다 들었어. 화장실 앞에 실을 걸어두었다고. 그 바람에 넘어져서 무릎에 파랗게 멍이 들었더군. 텀블링은 무슨 텀블링이야. 제발 정신 차려."

007은 미스 플라워의 곁을 오래 비워서는 안 된다고 바삐 방으로 돌아갔습니다. 그녀는 분명 넘어진 일이 없는데, 이게 어찌 된 일일까요? 그녀가 무릎에 파란 물감으로 칠을 하기라도 했다는 걸까요? 내가 계단에 쪼그리고 앉아 있다가 졸아서 헛것을 보기라도 한 걸까요? 그런데 질투라니요. 그는 불편한 암초에 부딪히기만 하면 질투를 운운하는군요. 나는 보기보다 질투가 심하지 않은 여자인데 말이에요. 이렇게 뒤집어씌우다니 나는 정말 억울해요.

나는 전자레인지에 넣어 구운 쥐포를 009에게 건넸습니다. 그는 주방 식탁 앞에 혼자 앉아 맥주를 마시고 있었지요. 그는 시계추처럼 늘 혼자였어요. 그래서 혼자인 편이 누군가와 함께 있는 것보다 더 자연스러워 보입니다. 그는 혼자이기에 견고하지요. 하나가 되었다가 결국 나뉘어지는 둘은 치명적인 약점을 지니고 있는 셈이니까요. 나도 앞으로는 온전한 혼자가 될 작정이었어요.

"013도 한잔 마시지 그래. 기분이 좋을 리 없을 텐데."

009는 쥐포를 찢어 입에 넣었지요. 나는 그가 내민 맥주병을 그의 앞으로 밀어놓았어요.

"내가 왜 기분이 나빠?"

"알고 있어. 013이 과거에 본드걸이었다는 거."

"그래서?"

"미스 플라워라던가? 미모가 꽤 되더군. 백색공포의 애인이었다지? 뭣 땜에 여자들은 한결같이 바람둥이에게 현혹되는지 몰라."

그는 앞에 놓인 맥주컵을 비우고, 반쯤 채워져 있는 맥주병에 입을 댔습니다. 나는 비웃는 듯한 그의 입매가 마음에 들었어요. 나도 무언가를 조롱하고 싶은 기분이었으니까요.

"009, 난 취하고 싶지 않아. 해야 할 일이 너무 많거든."

"아직까지 긴장하고 있는 건가?"

"스파이에게 긴장은 필수지."

"그것도 한때야. 익숙해지면 모험도 일상이 되어버리지. 무감각해져버려. 연애가 그런 것처럼."

"그럴까? 그러면 그때부터는 어떤 힘으로 위험과 싸우지?"

"고독. 고독에서 벗어나기 위해 남을 해치는 거야. 타인의 고통을 느끼는 것도 세상과의 소통이 될 수 있지."

"무슨 말을 하고 싶은 거야?"

"007이 달라지리라 생각해?"

"전혀. 그런 기대는 해본 적 없어. 사람의 본성이란 바뀌지 않는다는 걸 알잖아."

"그렇다면 다행이고. 솔직히 난 그가 싫다. 난 그와 다른 방식으로 그를 이길 거야."

"그에게 경쟁심을 품고 있는 사람이 많구나."

"그는 이쪽에도 저쪽에도 적이 많지. 그게 그의 운명이야."

"매력이기도 하고."

"빙고! 맞아, 매력이기도 하지."

나는 긁힌 상처가 많은 009의 검은 손을 바라보며 그가 배신자일까 생각을 해보았습니다. 그러나 알 수 없는 일이지요. 그는 의리라고는 조금도 없는 사람 같아 보이고, 기회가 온다면 얼마든지 차를 갈아탈 수 있는 사람으로 보입니다만, 그렇다고 해서 배신자가 되는 것은 아닐 거예요. 그에겐 아직 배신의 기회가 오지 않았을 수도 있고, 계산이 너무 빠르기 때문에 위험을 무릅쓰지 않을 수도 있지요. 배신을 할 만한 열망이 그의 딱딱한 심장에 아직 남아 있을지 의문이로군요.

009가 빈 맥주병을 탁자 위에 올려놓을 때 사이렌 소리가 주방 안을 울려댔습니다. 처음에는 뻐꾸기시계 울음소리인 줄 알았는데 그게 아니더라고요. 나는 009보다 한발 앞서 홀로 뛰어나갔지요. 일층 홀에는 나보다 앞서 달려나온 사람 몇이 웅성이고 있었어요.

"누가 폭탄을 설치했다. 보일러실에서 발견했어."

차장 강은 사람들을 밖으로 대피시키며 말했습니다.

"제거했어요?"

"했어. 지금 다른 곳에도 폭탄이 설치되었는지 찾고 있어. 당장 나가."

나는 차장 강의 말대로 문간으로 향하다가 일층 맨 끝 007의 방으로 뛰어갔지요. 그의 방은 비어 있었어요. 나는 방에서 나오다가 007과 맞닥뜨렸습니다.

"플라워를 보지 못했어?"

007은 나를 보자마자 다짜고짜 플라워의 행방부터 묻는군요. 다급한 말투로요.

"그걸 왜 나한테 물어요?"

"라면을 끓이러 부엌에 갔다 왔더니……"

나는 007의 말이 끝나기 전에 냅다 바깥으로 달려나갔습니다. 앞 마당에 놓여 있던 자동차들을 훑어보았지요. 007과 항구에서부터 타고 왔던 지프가 보이지 않았어요.

나는 창고 옆에 세워져 있는 오토바이를 타고 출발했습니다. 은신처에서 국도까지는 외길로 이어져 있다는 걸 알고 있었어요. 경주마 몰듯 오토바이의 속력을 내어 밤길을 달리노라니 저만치 앞에 지프가 보이더군요. 밤바람을 가로지르는 양 볼이 고기칼로 저며내는 것같이 시렸어요. 나는 좀더 속력을 내어 오토바이를 지프 옆에 붙였지요. 지프도 같이 속력을 내더군요. 나는 품에서 권총을 꺼내 발사했으나 지프는 아랑곳없이 달렸고, 오토바이와 지프 사이의 거리는 다시 멀어졌어요. 나는 하도 얼음을 깨물어서 아직 시린 어금니를 바짝 물고 지프의 운전석 쪽 문짝을 겨냥했지요. 나는 지프가 왼쪽으로 커브를 트는 순간 오토바이를 몰고 육탄공

격했습니다. 오토바이는 운전석 쪽을 들이받았고, 나는 온몸이 울
리는 충격과 함께 허공으로 떠올랐지요. 나는 비로소 날아오르는
한 마리의 나비가 되었어요.

　나는 몸을 반쯤 일으킨 채 수증기가 뿜어져나오는 분홍색 가습기와 냉장고 위의 화분을 번갈아 쳐다보고 있었어요. 병실 생활이란 이렇게 조용하고 지루한 것이겠지요. 스파이계를 떠나 일상으로 아주 돌아간 느낌이었어요. 내겐 다시 일상으로 돌아간다는 것이 두렵게 느껴지더군요. 완전한 일상으로 돌아간다 해도 내 손에 묻은 핏자국은 지워지지 않겠지요. 푸른 수염의 열쇠에 묻은 지워지지 않는 핏자국처럼.

　가장 먼저 문병을 온 사람은 스파이 005였어요. 그의 눈은 여전히 충혈되어 있었지요. 그가 요즘도 밤의 암살자로부터 자신을 지키려고 눈을 뜨고 자는지 궁금했으나 묻지는 않았습니다. 종달새 심장은 양복 안주머니에서 최신 유행의 오버사이즈 선글라스를 꺼냈고, 서른네 가지나 된다는 그것의 각종 기능을 자랑하더군요.

"Q는 늙어서 허리가 굽었지만 늘 의욕적이야. 새로운 기계를 고안할 때마다 첫사랑에 빠지는 것 같아."

선글라스를 꼈다 뺐다 하는 005는 고가의 휴대전화를 새로 구입한 소년 같은 표정이었어요.

"꼭 그런 건 아닐 거야. Q의 진짜 꿈은 신형무기를 만들어내는 게 아니래."

"그럼? 수륙양용자동차를 타고 007같이 추격전을 벌이는 거래?"

"아니야. 그의 오랜 꿈은 금이 아닌 것에서 금을 만들어내고, 은이 아닌 것에서 은을 만들어내는 거래. 그런데 무기들을 만드는 데 시간을 빼앗겨 시도를 못 하고 있는 지 삼십 년째라는 거야."

나는 언젠가 007에게서 들었던 이야기를 그대로 옮겨주었지요. 젊은 날 Q의 꿈은 연금술사가 되는 것이었고, 정보국에서 기술직 공무원으로 근무하면 낮에 일을 하고 밤에 자신의 연구를 할 수 있을 거라 생각했답니다. 그렇지만 애국조회로 시작하여 온종일 신형무기를 제조하는 일과를 반복하다보니 지친 몸을 이끌고 집에 돌아오면 텔레비전을 시청하는 것 외에 아무 일도 할 수 없었다고 해요. 그의 집 지하실에는 금과 은으로 변신하지 못한 각종 금속들과 약품들이 삼십 년째 잠을 자고 있겠지요.

"그의 머리칼은 이제 백발이잖아."

"누가 그에게 휴식을 주었으면 좋겠어."

"그건 안 돼. 그는 죽을 때까지 설계도를 놓을 수 없어."

005의 말투는 고집스러웠습니다. 그는 Q가 만들어준 선글라스를 끼고 카지노에 들어가 카드의 여왕을 만날 계획이라지요. 마음만 먹으면 그녀의 돈을 다 긁어낼 수도 있답니다. 하지만 그는 청렴한 공무원이라 선글라스를 작전에만 이용할 뿐 사사로이 사용하지는 않을 작정이래요. 그가 맡은 중요한 임무는 카드의 여왕을 만나 테러조직과 이어진 끈을 찾는 것이라지요. 그는 소유욕이 강한 사람이라서 선글라스를 보여주기만 하고 만질 수 있게 해주지는 않았어요. 조금 부아가 치민 내가 그런 선글라스라면 별로 새롭지 않다, 영화에서 익숙하게 본 것이 아니냐, 고 한 말에 그는 기분이 상한 눈치였어요.

005는 부상을 걱정해주었으나 나는 그와 이야기를 나누면서도 경계를 늦추지 않았습니다. 왜냐하면 그 역시 배신자 리스트에 오른 자들 중 한 사람이고, 더욱이 내가 가장 의심하는 사람이니까요. 그러나 증거 없는 의심이 위험하다는 것쯤은 나도 알고 있어요. 그가 개구리눈의 말대로 복수를 위해 스파이가 되었다는 것이 사실이라 해도 확실한 물증이 나올 때까지는 참을성 있게 살펴보아야겠지요.

005는 문병을 오면서 토마토주스를 한 박스 사왔고, 친절하게도 뚜껑을 따서 건네주더군요. 나는 금방 병원 밥을 먹어서 배가 너무 부르다고 사양을 하고 주스병을 탁자 위에 올려놓았어요. 언제부턴가는 모든 사람이 적이 아닐까 의심스럽고, 눈이 마주치는 사람마다 나를 해치려는 것 같아요. 이제는 아무도 믿을 수가 없어요.

혹여 종달새심장 005가 배신자라면 어떻게 할까요? 그가 007과 나를 함정에 몰아넣은 배신자라면 그의 가슴에 총알을 박아넣을 수 있을까요? 나는 M처럼 냉정하지가 못한데, 그런데 그런 순간이 닥치면 어떻게 해야 할까요? 동쪽이 느닷없이 서쪽으로 바뀌는 순간, 다시 말해 나의 동료라고 믿었던 사람이 적의 스파이로 밝혀지는 순간에 말이에요.

005가 돌아가고 사흘이나 지나 병문안을 온 007은 모든 게 오해라고 핑계를 댔어요. 자신은 내 말을 무시한 게 아니라 믿었다고요. 미스 플라워를 의심했기에 그녀 옆에서 주의 깊게 살펴보았고, 밤길을 쫓아나와 풀숲에 엎어져 있는 나를 구한 것이라고요. 007이 달려와서 목숨을 구한 것은 사실이지만 나는 그의 변명을 믿을 수가 없어요. 상대방의 가면을 들춰내기 위해 애정행각이 필수적이라는 건 수긍할 수 없어요.

"나는 그저 결정적 증거를 구할 때까지 연극을 하려 한 거야. 스파이라면 상대방의 음모를 역이용할 줄도 알아야지. 모든 것을 곧이곧대로만 해결하려 들면 좋지 않아."

"둘러대지 말아요. 당신은 부도덕해요."

"나는 악당들을 잡는 일에 내 인생을 바치고 있어. 그런데 무엇이 부도덕하다는 것인지 알 수 없군그래. 게다가 사랑은 부도덕한 게 아니잖아."

"그건 그렇죠. 하지만 사랑을 이용하는 건 부도덕해요."

세상 사람들은 모두 많은 것을 이용하지만 그중에서도 가장 나쁜 건 사랑을 이용하는 것이잖아요.

"스파이에게 가장 쓸모없는 말이 부도덕일 텐데."

"그건 그렇죠."

그가 문병을 늦게 온 것도 배신자를 잡아내려 바쁘게 움직이고 있기 때문이라네요. 그는 며칠간 C파트의 차장 강과 과장 최에 관련된 자료를 조사하고 있었답니다. 배신자일 가능성이 있는 사람이 여럿이라 아직은 어떻게 꼬리를 잡아야 할지 갈피를 잡지 못하고 있다고 해요. 단서를 쥐고 있는 스파이 미스 플라워는 입을 꼭 다물고 있고요. 그는 내가 빨리 퇴원을 해서 일을 도와주어야 한다고 강조하더군요. 그리고 이만한 부상이라면 자신은 병원에 누워 있지 않을 것 같다고 말하지 뭐예요.

나는 화가 치밀어서 냉담하게 007을 쫓아낸 뒤 그가 사가지고 온 카스텔라를 먹었어요. 부드러운 카스텔라를 먹고 있노라니 우유 생각이 간절하더군요. 카스텔라는 흰 우유와 함께 먹어야 제 맛이지요. 그러나 나는 우유를 사러 매점에 갈 수 없는 몸이에요. 그나마 005가 사 온 주스도 다 떨어지고, 목이 막혀도 냉장고에 음료수 캔 한 개가 없네요. 고독한 스파이에게는 문병 오는 일가 친척과 친구가 없으니까요.

마침 간호사가 병실에 들어왔어요. 나는 간호사에게 우유를 부탁하고 싶었지만 꾹 참고 카스텔라만 씹었지요. 간호사는 의료를 책임지는 사람이지 환자의 심부름을 해주는 사람이 아니니까요. 나는 "우……" 하고 입술을 내밀다 말고 입 속에서 침이 다량 분비되기를 소망했어요.

간호사는 나에게 무슨 주사를 놓으려는 모양이었습니다. 나는 간호사에게 우유 좀 사다달라는 말을 안 하기를 참 잘했다고 생각했어요. 그랬다면 기분이 상한 간호사가 일부러 주사를 아프게 놓을지도 모르잖아요.

흰 마스크를 쓴 간호사는 아무 말 없이 소매를 걷어올리라고 팔을 톡톡 건드리더군요. 환자복 소매를 걷어올리자 간호사는 내 팔을 꽉 잡았어요. 그 바람에 간호사의 손등으로 시선이 갔고, 손등에 달라붙은 회색 사마귀를 보았고, 손등의 사마귀……누구더라? 나도 모르게 "헉!" 하고 신음소리를 내고 말았지요. 집진드기 301호가 복수를 하려고 숨어든 거예요.

나는 간호사에게 잡힌 팔을 잡아 뽑으려고 그녀, 아니 그와 실랑이를 벌였습니다. 주삿바늘에 살갗이 긁히는 것 같아 몸부림을 쳤더니 그가 내 몸에서 쉽게 떨어져나갔어요. 그는 병실 바닥에 나동그라졌지요.

"매점에 가서 우유 사왔. 어엇, 이게 뭐야?"

병실 안으로 들어서던 007은 병실 바닥에 쓰러져 있는 암살자와 침대 위에 앉아 소리지르는 나를 차례로 보았습니다.

"301호예요. 집진드기요. 저자가 나를 죽이러 여기까지 왔어요. 아주 집요한 인간이에요."

007은 암살자에게 달려들어 마스크를 벗겼어요. 마스크를 벗은 간호사는 눈물이 맺힌 눈으로 나를 째려보더군요. 그녀는 301호도 아니고 암살자도 아니고 아침에 병실에 들어왔던 입술이 부르튼 간호사였어요. 그녀와 301호의 공통점은 손등의 사마귀 말고 아무것도 없었지요.

"아……정말 죄송해요. 사람을 착각했어요. 몸이 아프니까 눈까지 침침하네요. 눈에 백태가 꼈나."

간호사는 왼쪽 옆구리를 손으로 짚고 바닥에서 일어나더니 벗겨진 신발 한 짝을 꿰어신었어요. 그러고는 병실을 정신병동으로 옮겨야겠다고 쏘아붙이고 나가더군요. 신발 소리 한번 요란했어요.

나는 간호사가 병실에서 나간 다음 007에게 하소연을 하고 말았습니다. 요즘에는 누구를 보아도 다 스파이로 보이고, 모두가 나를 해치려고 하는 것 같다. 잠을 푹 잘 수가 없고 무엇이든 먹기 전에 의심이 간다. 어떤 말을 들어도 거짓말 같다.

"아무도 믿지 못한다는 게 얼마나 외로운 일인지 여태껏 몰랐나보지?"

007은 특유의 냉소적인 미소를 짓더니 네모난 우유 팩을 뜯어 빨대를 꽂아주더군요. 우유에는 칼슘이 많으니 뼈엉성증을 예방하는 데 도움을 줄 거라나요? 그는 내가 매우 엉성하기에 뼈엉성증을 특히 주의해야 한다고 했어요. 나는 우유를 간절히 원했다는 말은 한마디도 하지 않고, 그렇게 나를 위한다면 내일은 보온병에 사골국물을 담아가지고 오라고 했지요. 그는 사골을 대체 언제 우려서 가져오냐고 했지만 나는 들은 척도 하지 않았어요.

"내가 아파서 누워 있으면 아버지는 꼭 겨울점퍼 속에 감추어 둔 나프탈렌 냄새 나는 비상금으로 사골을 사다 고아주셨어요. 석유난로 위에 들통을 올려놓고 하루 종일 사골국물을 끓였어요. 뽀얀 사골국물에 파를 송송 썰어넣어 마시면 아픈 게 싹 나아요."

내가 아버지 얘기를 하자 007은 더이상 아무 말도 하지 못했어요. 그는 유독 '아버지'라는 말에 약하지요. 그래서 M이 하는 말이라면 꼼짝도 못 하는 것인지 모르지요. 007을 괴롭히는 것은 언제나 재미있어요. 이대로라면 아픈 데가 곧 나을 것 같았어요.

　나는 병원에서 퇴원을 한 날부터 미스 플라워를 취조하기 시작
했습니다. 다른 사람들은 한 달째 입을 다물고 있는 그녀를 포기
한 눈치였지요. 007은 급한 임무가 생겨서 지구를 반 바퀴 돌아
어느 도시에 머무르고 있다고 합니다. 나도 몸이 완전히 회복되면
새로운 일에 투입될 예정이었어요. 그러면 '백색공포망명작전'은
미궁에 빠진 채 끝나게 되는 거지요. 사람들은 늘상 시간이 부족
하고, 기다리기를 싫어하고, 새로운 사건은 끊임없이 터집니다.
M은 미스 플라워를 다른 곳으로 옮기기 위해 절차를 밟고 있다지
요. 그러나 알다시피 나는 포기라는 것을 모르고 살아온 사람이라
미스 플라워를 쉽게 놓아버릴 수 없었어요. 더군다나 그녀를 포기
한다는 건 그녀에게, 아니 하이드에게 지는 게 아니겠어요. 오랫

동안 그녀로 인해 고생을 했고, 내 손으로 잡았고, 이겼다고 생각했고, 그러므로 더더욱 이렇게 끝낼 수 없었습니다. 아니, 꼭 이기는 게 아니더라도 그녀와 나 사이에는 무언가 마무리가 필요했어요. 이렇게 끝내고 싶지는 않았어요. 나는 언제나 내가 수긍할 수 있는 마지막을 원했어요.

나는 다시 마주한 금발의 미스 플라워 ― 실은 플라워가 아닌 스파이 X이겠지만 ― 의 얼굴을 물끄러미 바라보았어요. 뺨이 푹 패고 한 달 사이 기미가 두드러진 그녀는 푸른 눈빛 속에서 불안함을 감출 수 없었지요. 그녀는 혹시 예전부터 저런 눈빛을 가지고 있었던가요? 그녀의 저 모호한 눈빛에 007은 이끌렸을지도 모르지요. 불안과 위험에는 유혹이 있어요. 그녀의 눈동자를 물끄러미 바라보고 있노라니 더이상은 그녀가 밉지 않았어요.

나는 미스 플라워에게 적국에서 그녀를 버렸다고, 하이드는 그녀를 살리기 위한 어떤 거래도 하지 않을 모양이더라고 전해주었어요. 하이드는 그녀의 존재 자체를 부정했다고 해요. 그녀는 바람을 따라 흘러가는 끈 떨어진 연이 되어버린 셈이지요. 그녀는 내 말을 듣지 않는 척하면서 메모지로 조그만 종이비행기를 접더군요. 탁자 위에는 날지 못하는 종이비행기가 스무 개도 넘게 쌓여 있었어요. 나는 그녀가 접어놓은 조그만 종이비행기를 하나 집어 들었습니다. 왼손바닥 위에 반듯하게 올려놓았다가 후우― 하고 숨을 세게 불자 그것은 갸우뚱 흔들리며 허공으로 날아갔지요.

나는 바닥에 떨어진 종이비행기를 내려다보지 않았어요.

아주 오래 전의 어느 날, 나는 007과 함께 경비행기를 타고 양떼구름 위를 나는 상상을 한 적도 있었지요. 하지만 왠지 언제인가부터 그녀처럼 몇 평짜리 검은 방에 갇혀 있는 느낌이 들더군요. 내가 조그만 상자 속에 갇혀 밖으로 나가려고 발버둥치는 실험용 흰쥐가 되어버린 기분이 들었던 거예요. 나는 머릿속으로 멍하니 내가 걸어온 길을 되돌아보았고, 내가 운명을 개척하고 있다고 여겼지만 실제로는 그게 아닌 것 같다는 생각에 사로잡혔지요. 나는 길을 따라 달려가고 있으나 그 길을 놓고 있는 자는 내가 아닌 다른 누구인 것 같은 느낌이었어요. 누군가가 놓은 길을 따라 다리를 절며 달리고 있는 기분이었어요. 그 막연한 느낌을 대체 뭐라고 설명하면 좋을까요? 나는 검은 방에 앉아 있는 미스 플라워에게서 내 얼굴을 보았고, 그녀가 나의 잃어버린 쌍둥이, 혹은 나의 짝패 같다는 생각이 들었어요.

그래서 나는 더듬더듬 말을 하기 시작했습니다.

"연둣빛 들판 위에서는 양떼가 풀을 뜯어먹고 있었습니다. 기구는 천천히 아래로 아래로 내려가고 있었지요."

고개를 푹 숙이고 있는 그녀는 내 말을 유심히 듣는 눈치가 아니었어요. 내 말을 듣고 싶지 않은 건지, 알아들을 수 없는 건지 알 수 없었지요. 나는 괘념치 않고 전자사전을 두드리며 이야기를 했어요. 도저히 말로 옮길 수 없는 부분은 더러 띄엄띄엄 건너뛰

기도 했지요. 어차피 소통이란 불완전한 것이니까요. 그녀가 내 영어를 다 이해하지는 못하겠지만 나는 그녀에게 이야기를 하고 싶었어요. 어쩌면 내 얘기를 잘 알아듣지 못할 것이므로 그녀를 이야기 들을 사람으로 정한 것인지도 모르겠군요.

나는 지금까지의 이 길고 긴 이야기를 칠 일간 쉬지 않고 이야 기했어요. 검은 방에서 그녀와 함께 잠을 자고 함께 밥을 먹고 함 께 지내면서요. 무릎 위에 전자사전을 펼쳐놓고 영어단어를 찾고 있는 나는 007을 만나서 본드걸이 되고, 그 다음 나비더듬이가 되 고, 또 오란실이 되었다가 플라워 앞에 앉아 있는 스파이 013이 되었지요. 그녀가 내 목소리에 조금씩 귀를 기울이는 것 같았다면 착각일까요?

나는 내가 손짓까지 써가며 아주 재미있게 이야기하고 있다고 생각했는데 그녀는 웃지 않았어요. 나를 바라보는 그녀의 얼굴은 점점 더 슬퍼졌지요. 나는 머리가 아프고 목구멍이 쓰라렸지만 더 운물을 마셔가며 온종일 이야기를 했어요. 이야기는 방 밖에서 식 사가 들어왔다 나가는 시간 동안에만 멈추어졌어요. 그녀가 검은 방 옆에 딸린 조그만 화장실 안으로 들어갈 때에도, 나는 한순간 도 떨어지기 싫은 다정한 친구처럼 문간에 서서 이야기를 들려주 었지요. 이야기를 다 듣기에 우리들의 시간이란 늘 부족하니까요.

이야기 속의 나는 병원에서 나와 검은 방으로 들어왔고, 미스 플라워를 맞닥뜨렸고, 그녀가 접어놓은 종이비행기를 날렸고…… 마침내 이야기는 끝이 났습니다. 칠 일간 쉬지 않고 이야기를 하고 나니 목이 잠겨서 마지막에는 기어들어가는 목소리를 냈지요. 그녀가 잘 들었든 말았든 나는 이 길고 긴 이야기를 끝마쳐야 했어요.

"그러면 이제 내가 이야기를 해야 할 차례인가요?"

한참 동안 내 얼굴을 빤히 들여다보던 미스 플라워가 물었습니다. 나는 목이 너무 아파서 아무 말도 하지 못했지요. 나는 너무 오랫동안 혼자 이야기했기 때문에 그녀가 정말 입을 연 건지조차 알 수 없었어요. 아직도 귓속에서는 내 목소리가 울려대고 있는 것 같았어요. 나는 아픈 목을 달래려고 더운물을 한 모금 마셨어요.

"나는 내 삶을 이해하려고 노력해왔어요. 그러나 삶이란 건 부조리해서 자신의 삶을 이해하는 것조차 쉬운 일이 아니더군요. 나는 나를 이해하기 위해서 내 이야기를 들려주었고, 그것과 같은 이유로 당신의 이야기를 듣고 싶어요."

나는 그녀의 시선을 피해 페인트칠이 벗어진 벽을 물끄러미 바라보며 말을 했어요. 이윽고 그녀는 나에게 이야기를 들려주기 시작했습니다. 나는 그녀의 말을 알아듣기도 했고, 못 알아듣기도 했어요. 그녀는 나에게 자신의 많은 이름들을 들려주었고, 나는 그것을 다 기억하지는 못했지요. 그녀는 이름과 국적이 바뀔 때마다 매번 머리칼 색깔과 구두 굽 높이를 바꾸었고, 계속 염색을 하다보니 본래 자신의 머리카락이 무슨 색이었는지 잊어버리게 되었다고 해요.

"나는 하이드의 양녀에요. 어렸을 땐 일 년에 네 번씩 그를 만났어요. 어른이 되고 나서야 세계 각국에서 하이드의 양녀가 자라나고 있다는 사실을 알게 되었지요. 슬프지는 않았어요. 나는 그에게 인정받고 싶어서 기꺼이 스파이가 되었어요.

하이드는 백색공포에게서 배신의 낌새를 채고 나를 그에게 접근시켰지요. 그는 그전까지 누구도 사랑한 적이 없는데 망명을 앞두고 사랑에 빠졌어요. 누구나 위험이 닥쳐온다고 느낄 때 쉽게 사랑에 빠지곤 하잖아요. 그는 두려웠기에 사랑에 빠졌고, 사랑에 빠졌기에 모든 걸 망쳤어요. 나는 함께 망명하기로 한 날, 그를 하이드에게 넘겼지요."

이야기는 조금씩 내 삶과 가까운 쪽으로 넘어오고 있었어요.

"그를 사랑하는 척 위장했군요."

나는 그녀의 이야기에 끼어들었어요.

"꼭 그랬던 건 아니었어요. 한때는 나도 사랑을 하기도 했어요. 그는 추남에 뱃살이 늘어진 뚱보이지만 아름다움이 뭔지 아는 사람이었죠. 그는 여자에게서 아름다움을 찾아내는 데 선수였어요.

그가 붕대로 친친 감겨 비행기에 실렸다는 말을 듣고 숨이 꼭 막힌 것 같았어요. 하지만 어쩔 수 없잖아요. 나는 내가 아니에요. 난 그저 한 사람의 스파이인걸요. 한번 시작된 일은 좀처럼 내 의지로 멈출 수가 없다는 걸 아셔야 해요."

"알고 있어요."

예상대로 가짜 미스 플라워를 죽인 독살자는 진짜 미스 플라워였어요. 진짜 미스 플라워는 자신을 믿게 하기 위해 가짜 플라워가 필요했다고 했지요. 가짜는 일종의 희생양이었으나 자신이 독살될 것이란 사실은 모르고 있었다고 합니다. 진짜 미스 플라워는 질 속의 탐폰 안에 숨겨두었던 극소량의 독으로 독살을 했다니, 그녀는 몸 안에 독을 품고 있었던 것이지요. 차가운 피 속에 독을 숨기고 있는 M처럼.

"마이크로필름을 가지고 우리에게 접근한 이유는 뭐죠? 두더지가 되어서 우리 쪽의 정보를 넘길 계획이었나요?"

"나도 몰라요. 나는 시키는 대로 할 뿐이에요. 그들은 정보를 제일 먼저 원한 건 아니었어요. 마이크로필름 속의 정보들도 교묘하게 조작된 것이라고 하더군요."

"그렇다면 도대체 뭘 원했죠?"

그녀는 잠시 말을 멈추고 내 눈을 들여다보았어요.

"007의 목이요."

"007?"

"예, 계속 기회를 노렸는데 당신 때문에 여의치 않았어요. 그러다 정체가 발각되어서 할 수 없이 폭탄을 설치하고 달아난 거예요."

"내가 밉겠군요."

"언젠가는 실패를 했겠죠. 그게 조금 더 빨리 오느냐 늦게 오느

냐의 차이일 뿐. 실패하지 않았더라도 나는 죄책감을 이겨낼 만큼 강한 사람이 못 돼요."

"우리 쪽의 배신자는 누구인가요?"

"몰라요. 나는 그건 몰라요. 그자를 살로메라고 부른다는 것 말고 그에 대한 건 몰라요. 살로메의 정체를 아는 사람은 하이드밖에 없는 것 같아요. 살로메와 연결되어 있는 우리 편 연락책이 종로의 복권방 주인이라는 말을 들었어요. 나에게 문제가 생겼을 때 도움을 청하라고 한 사람도 그 사람이고요."

"살로메, 살로메…… 지금 나에게 한 말은 전부 비밀이에요. 당신은 아직까지 입을 열지 않았어요. 당신이 위험해질 수도 있어요."

"나는 백색공포를 버리고, 하이드는 나를 버리고…… 일어날 일은 결국 차례차례 일어나는군요."

그녀는 고개를 끄덕였어요.

"플라워, 나에게 이야기를 들려준 걸 후회해요?"

"아뇨, 어떤 이야기든 이야기는 그 속에 위험을 내포하고 있잖아요."

나는 비로소 그녀의 미소를 보았습니다. 그러나 마주 웃어줄 수는 없었지요. 그녀가 들고 있던 수정구슬이 내 손바닥 안으로 넘어온 느낌이었어요. 나는 마법사의 수정구슬 속을 들여다보려 애썼지만 아직은 아무것도 보이지 않았어요.

　성당 마당에는 흰 눈이 소복이 쌓여 있었습니다. 성당으로 올라가는 계단은 누군가 빗자루로 깨끗이 쓸어놓았더군요. 나는 지팡이를 짚고 천천히 성당 마당을 가로질러 성모상 앞에서 성호를 그었지요. 그리고 허리를 굽힌 채 계단 위로 천천히 올라갔어요.

　한 계단, 두 계단, 세 계단, 네 계단, 다섯 계단, 여섯 계단……
매일 새벽 성당에 들르기 시작한 지 여섯 달째입니다. 출장으로 박쥐의 천국 베를린에 가 있었던 보름가량을 빼고는 하루도 빼놓지 않고 성당에 왔지요. 허리가 굽어 지팡이를 짚은 꼬부랑 할머니의 모습으로 성당 안에 들어갔다가 매번 새벽미사가 시작되기 전에 일어나곤 했어요.

　성당에는 날마다 새벽미사를 드리러 오는 부지런한 신자들이 있습니다. 머리가 희끗희끗한 종로 복권방 주인도 그 가운데 한 사람이지요. 나는 시곗바늘처럼 규칙적으로 성당을 찾는 그보다 늘 한발 앞서 성당을 찾고, 늘 그가 앉는 자리에 앉아 기도를 하는 척하다 일어나곤 하지요. 물론, 때로는 정말 기도를 할 때도 있어요. 그가 예민한 사람이라면 의자에 남아 있는 온기를 느낄 수도 있을 텐데, 그는 부주의한 사람인 모양이에요.

경건한 새벽미사 시간, 복권방 주인은 성당 안의 사람들이 모두 눈을 감고 두 손 모아 기도할 때 의자 밑을 더듬곤 하지요. 의자 밑에는 아무것도 없지만 그는 지치지 않고 매일 새벽 성당에서 무릎을 꿇어요. 나 역시 한 번도 의자 밑에서 살로메의 쪽지를 발견한 일이 없지만 복권방 주인과 인내심을 겨뤄볼 작정이었답니다. 누가 더 오래 살로메를 기다리는지. 진정으로 신앙이 굳건한 사람만이 새벽미사를 빠뜨리지 않을 것이고, 살로메의 신탁을 받을 수 있겠지요.

살로메는 영원히 나타나지 않을 작정일까요? 아니면 하이드에게 연락하는 루트를 바꾸려는 걸까요? 그는 그의 존재가 노출되었다는 사실을 모를 텐데 왜 움직이지 않는 걸까요? 미스 플라워가 세상에 존재하지 않으므로 그는 필시 안심을 하고 있을 텐데요.

미스 플라워는 은신처에서 다른 장소로 호송되는 도중 스스로 목숨을 끊었답니다. 그녀는 차가 흔들리는 틈을 타 과장 최의 넥타이 핀을 빼앗아 자신의 목젖 밑을 찔렀다지요. 사람들은 그녀를 병원으로 데려갔지만, 오래지 않아 생명이 끊어졌다고 합니다. 나는 과장 최가 그녀의 자살을 방조하거나 조장하지 않았을까 하고 의심하기도 했어요. 하지만 미국 핑거튼 탐정회사의 유능한 직원으로 일하다가 조국을 위해 몸 바치겠다는 뜻을 품고 스파이가 되었다는 과장 최가 과연 배신자일까요? 어쨌든 나는 적도, 우리도, 누구도 믿을 수 없으므로 성당 방문을 숨겨야 했지요. 잠자리에서 일찍 일어나는 일이 고역스럽기는 했으나 나는 이래 봬도 신문배달원 출신이잖아요. 스파이는 밤의 꽃이 될 때도 있지만 목적에 따라 새벽닭이 되기도 하지요.

살로메는 미스 플라워의 자살에 커튼 뒤에서 홀로 웃음을 지었겠지요. 나는 그녀의 죽음에 눈물이 났으나 한편으론 살로메만큼 안도하기도 했습니다. 미스 플라워의 입이 영원히 닫혀버린 이상 살로메가 사라져버리지 않을 게 틀림없고, 그렇다면 그를 잡을 기회가 아직 내게 남아 있으니까요. 나는 날이 갈수록 냉혹한 스파이가 되어가고 있어요.

나는 허리를 깊이 구부린 채 성당 문을 밀고 들어섰습니다. 종로 복권방 주인이 도착하려면 아직 십 분이 남았지요. 조용한 성당 앞줄에는 미사가 시작되기 전부터 기도를 드리는 노인들이 앉아 있었어요. 죽음이 가까워올수록 사람에겐 매달릴 것이 필요한 걸까요? 이른 나이부터 죽음을 떠올려야 한다는 점에서 스파이의 운명은 가혹한 것이겠지요.

194

나는 노상 앉던 매끌매끌한 나무의자에 앉아 의자 밑을 더듬었습니다. 나도 모르게 숨이 멈추어졌지요. 그 짧은 시간은 죽음처럼 길기도 하고 또 한숨처럼 짧기도 했어요. 나는 손으로 깍지를 끼고 기도를 한 다음 성호를 긋고 자리에서 일어났습니다. 나는 손가락 끝에 만져진 그 종이의 감촉을 영원히 잊을 수 없을 거라 생각했어요.

나는 복권방 주인이 성당 안으로 들어오기 전에 서둘러 성당 문을 나섰습니다. 쪽지의 내용은 중요하지 않았어요. 내가 쪽지를 펼쳐본다 해도 그 내용을 읽을 수 없으리란 걸 알고 있었으니까요. 살로메가 바보가 아닌 이상 그들끼리만 알 수 있는 암호를 적어놓았을 테지요. 암호를 해독하려는 노력은 필요하지 않았습니다. 살로메는 오늘이든 내일이든 모레든 머지않아 복권방 주인이 남겨놓을 답신을 확인하러 성당에 올 것이 틀림없고, 내겐 그 사실만이 중요한 것이지요. 살로메는 하이드의 전갈을 기다리고 있을 겁니다.

007에게 도움을 요청하고 싶지만 그는 지금 남태평양의 한 조그만 섬에 가 있습니다. 그 섬은 옛날에 해적들이 보물을 묻어놓았다는 전설이 전해오는 해골 모양의 섬이라지요. 그는 해변에 모닥불을 피워놓고 아름다운 원주민 여자들과 춤을 추고 있을지 몰라요. 어쩌면 산호빛 물 속에서 상어와 실랑이를 벌이고 있을지도 모르고요. 그의 임무는 해골 섬과 맞닿은 바닷속에 해저기지가 숨어 있는지 조사를 하는 것이라지요.

　나는 어둠 속의 두더지 살로메가 007을 노리고 있다는 사실을 은밀히 알려주었으나 그는 크게 걱정하지 않는 표정이었어요.

　"나를 미워하는 건 살로메만이 아니야. 미미만 해도 나를 미워하는 사람이 아니었던가?"

　"난 미미가 아니에요. 스파이 013이죠."

　"아차차, 미미든 013이든, 당신도 나를 미워하지 않는다곤 말 못 하겠지?"

　007은 심각한 일일수록 더 가볍게 말하곤 합니다. 그는 죽음을 깊이 두려워하지 않지요. 그는 섹스라는 짧은 죽음을 통해 계속 죽음을 연습하는 걸까요? 마치 M이 계속 독을 마셔 독에 대한 내성을 기른 것처럼요.

　허나 아무리 내성을 기른다고 한들 죽음을 피할 수는 없는 법이 겠지요. 007은 배신자 살로메에게 끊임없이 쫓기고 있고, 결코 독살되지 않는다는 M은 치명적인 암에 걸렸다고 해요. 영원히 죽지 않을 것 같았던 M은 파란만장했던 역사를 뒤로 하고 물러날 준비를 하고 있습니다. 정보국은 매일 숙덕이는 이야기들로 가득하고, 사람들은 경주마에 돈을 걸듯 M의 후계자를 맞히는 데 돈을 걸고 있지요.

　그런데 나는 왜 이렇게 살로메를 잡으려고 애를 쓰고 있는 걸까요. 아무도 잡으려 하지 않는 살로메를. 살해를 위협받는 당사자도 아닌데 무슨 까닭으로 살로메에게 집착을 하는 건지 나 자신도 알 수 없어요. 나는 배신자 살로메가 누구인지 그의 정체를 알고 싶었고, 그보다 그가 왜 007을 죽이려 하는지 이유를 듣고 싶었어요. 어쩌면 나는 어느 순간부터 배신이라는 것에 매혹되었는지도 모르지요. 예전에도 말했듯이, 나는 배신을 당하는 쪽보다는 배신을 하는 쪽을 선택하고 싶어요.

나는 마당 위에 쌓인 눈을 밟으며 곧장 잠복에 들어가야겠다고 마음먹었습니다. 살로메를 잡을 수 있는 기회는 이번이 마지막일 것 같다는 예감이 들었어요. 진정한 스파이에게 기회란 단 한 번으로 족하지요. 나는 잔뜩 구부린 허리가 아파 빨리 성당에서 나가고 싶었지만 일부러 더 천천히 걸음을 옮겼습니다. 눈 위에는 고무신을 신고 걸어간 내 발자국만 외롭게 꾹꾹 찍혀 있었지요. 나는 고개를 들고 저 멀리 성당 앞 건널목을 건너오는 종로 복권방 주인의 익숙한 외투를 물끄러미 바라보았어요. 신실한 그는 오늘도 미사에 늦지 않는군요. 그러나 그가 아무리 간절히 신을 찾는다 해도 마지막에 구원받는 자는 결코 그가 아닐 겁니다.

"성냥 사세요, 성냥, 성냥이에요."

사람들은 추위에 떨고 있는 가난한 성냥팔이 소녀를 외면하고 지나갔습니다. 장갑 낀 손을 주머니에 넣어 동전 두 개를 꺼낼 여유마저도 없는 것이겠지요.

"이백원이에요. 성냥 사세요."

성냥팔이 소녀는 가련해 보이는 게 중요합니다. 나는 귀마개에 벙어리장갑 낀 손바닥을 얹고 추워서 못 견디겠다는 듯 발을 동동 굴렀지요. 성냥바구니에는 고작 두 갑이 팔려나간 싸구려 성냥이 가득 남았고, 나는 가로등 불빛도 내려앉지 않는 어둠 속에 서서 성당 앞 거리를 돌아보았어요. 바쁜 사람들은 어둠 속에 서 있는 내 모습을 발견하지 못하고 무심코 지나쳐버리기도 했지요. 그럴 때면 꼭 Q가 만들어준 투명외투를 입고 서 있는 것 같은 기분이 들었습니다.

성당에서는 색색가지 초를 봉헌하지만 성냥은 봉헌하지 않기에 사람들은 성냥을 사지 않아요. 그러나 성당은 누구에게나 열려 있지요. 아무것도 봉헌하지 않는 자에게도 문은 열려 있어요. 나는 고요하게 밤의 거리를 내려다보는 성당을 바라보다가 그쪽으로 천천히 걸음을 옮겼습니다. 성당 마당으로 중절모를 쓰고 긴 코트를 걸친 사내가 들어서고 있더군요. 그가 계단을 밟고 서자 흐릿한 등불 아래 검은 가죽장갑이 눈에 띄었어요. 그는 나무 그림자 속으로 몸을 숨겨 계단을 올라가고 있었지요. 나는 그를 따라 성당 안으로 들어갈까 말까 망설였습니다. 사내는 내가 알고 있는 누구일 수도 있지만, 살로메와 상관없는 성당 신자일 수도 있으니까요. 하지만 알 수 없는 직감은 그의 뒷모습을 놓치지 말라고 단단히 주의를 주고 있었지요. 스파이에게 직감은 필수입니다.

성당 문을 열고 안으로 들어갔던 사내는 일이 분 후 밖으로 나왔습니다. 하느님의 이름을 부르고 기도를 마치기에는 지나치게 짧은 시간이었지요. 중절모에 가려진 사내의 얼굴은 보이지 않았습니다. 나는 모자 쓴 사람을 좋아하지 않아요. 모자 쓴 사람은 대개 둘 중 하나입니다. 감추고 싶은 것이 있거나 눈에 띄고 싶거나. 나는 사내의 실루엣을 훑어보며 내가 알고 있는 사람들의 모습을 빠르게 떠올려보았어요. 그가 살로메가 아니더라도 얼굴을 확인해야겠다는 생각이 들더군요. 나는 벙어리장갑을 벗고 외투주머니 속에 손을 넣어 차고 딱딱한 권총의 질감을 확인했어요.

중절모 사내는 똑같은 보폭으로 성당 입구를 빠져나가고 있었습니다. 나는 그의 등뒤에서 어깨를 톡톡 두드렸고, 그가 멈칫하는 것을 느낄 수 있었어요. 짧은 순간에 그의 망설임을 읽은 나는 아, 이 사람이 바로 살로메야, 하고 속으로 외쳤지요. 사내는 나를 향해 천천히 고개를 돌렸습니다. 어쩌면 바로 고개를 돌렸으나 그 시간이 나에게만 길게 느껴진 것인지도 모르지요.

"성냥 사세요."

나는 사내의 얼굴을 쳐다보았습니다. 동시에 주머니에서 권총을 꺼내 그의 옆구리에 들이밀었지요.

"성냥은 필요가 없는데. 난 담배를 안 피우거든."

사내도 방울 달린 털모자에 귀마개를 쓰고 있는 내 얼굴을 바라보았지요. 그도 분명히 나를 알아보았을 텐데, 그의 표정에는 변화가 없었습니다. 그 무표정한 얼굴 탓에, 나는 내가 사람을 잘못 본 건 아닐까, 하는 기묘한 생각에 빠졌지요. 혹시 사내는 내가 아는 그가 오래 전에 잃어버린 쌍둥이 동생일 수도 있어, 라는 생각이 들기도 했고요. 그러나 사내는 그가 틀림없어요.

"역시 동정심이 없으시군요. 성냥은 단돈 이백원인데요."

"그럼 한 갑 주게나."

사내는 성냥갑 안에서 성냥 한 개를 꺼내더니 그것을 그어 불을 붙였지요. 살로메라는 가면을 쓰고 있던 사내의 얼굴이 성냥 불빛 위로 선명하게 드러났어요. 그 얼굴은 온화하고, 또 어떻게 보면 고된 일과를 마치고 대문 안에 들어선 크리스마스이브의 가장처럼 포근함이 배어 있었지요.

"살로메!"

사내는 두번째 성냥을 그었습니다. 성냥은 층층이 다른 무지갯빛 불꽃을 피워올렸어요. 나는 불꽃 속의 무지개에 오래 눈을 주었지요. 성냥 한 갑을 모두 태우면 도란도란 다정한 목소리와 음식 냄새가 흘러나오는 아름다운 창가가 마술같이 생겨날 것 같았지요. 그러나 우리 생(生)에서 마술이란 얼마나 드물게 볼 수 있는 것인가요.

"살로메, 아무리 성냥을 그어도 기적은 일어나지 않아요."

"내가 기적을 바라는 걸로 보이나?"

"그럼 무엇을 바라세요?"

"글쎄, 이렇게 성냥 불빛을 바라보고 있으면 내 몸이 이곳이 아닌 다른 어느 곳에 가 있는 것 같은 기분이 든단 말이지."

"그럼 좀 걸을까요? 밤바람을 견딜 수 있겠어요?"

"그래, 그러지. 그것도 나쁘지 않아."

나는 권총을 양모 외투 주머니에 집어넣고 성냥바구니를 들지 않은 팔로 사내와 팔짱을 끼었습니다.

"다리가 아파요. 저도 지친 것 같아요."

"그래? 그럼 어느 쪽으로 갈까?"

"어느 쪽이나 다 똑같겠죠?"

그는 내 발걸음에 맞추어 천천히 걸음을 옮겼지요. 거리에서는 두터운 외투를 입은 보통 사람들이 집으로, 주점으로 향하고 있었어요.

"내가 당신을 기다리고 있다는 걸 모르셨어요?"

"글쎄…… 요즘의 나는 누군가 나를 찾아주기를 바랐는지도 몰라. 계속 도망치다보면 술래를 기다리는 일에 싫증이 날 때가 있거든. 나의 감추어진 얼굴을 아무도 몰라주었다면 허무하기도 했겠지."

"하이드에게 마지막으로 알려야 했던 게 뭐였을까요? 007이 머물고 있는 장소?"

"그래. 난 언제나 그의 죽음을 원했잖아."

"역시 그랬군요. 그래서 일부러 007을 멀리 보내셨던 거예요?"

"응."

"그를 사랑하셨잖아요."

"그랬지."

"그를 많이 사랑하셨군요?"

"그래."

"당신이 맨 처음 본드걸이었던 나를 받아주셨을 때 의아하게 생각했었어요. 무언가 다른 이유가 있지 않을까 짐작했는데, 역시 그랬군요. 내가 당신을 닮았기 때문에 받아들여주신 건가요?"

"우리에겐 공통점이 있으니까."

"사랑하지만 사랑받지 못한다는 점이요?"

"그래, 나는 아주 오랫동안 007을 지켜봤어. 그는 아주 젊었고, 재능이 있었고, 매력이 넘쳤어. 그를 사랑하기에 아끼기도 했지만, 그래서 더 위험한 임무를 떠맡기기도 했지. 이제 그를 계속 지켜볼 수 없어. 더이상은 그러고 싶지도 않고, 그럴 수도 없어. 내 앞에 이렇게 끝이 와 있으니까. 나는 모든 것을 내 눈앞에서 끝내고 싶었어."

"당신이 하지 못하는 일을 내가 해주길 바랐었나요?"

"처음에는 그런 기대도 있었지. 하지만 짐작대로 되지 않더군. 미미는 나와 다르니까."

"그랬나요? 이젠 끝내지 못해 회한이 남겠군요."

"꼭 그런 것도 아니야. 난 만족해."

"그가 죽기를 바라면서도 마음 한편에선 불사조처럼 살아나기를 원했겠죠?"

"그런 것 같기도 해."

"잡힐 듯하면서 늘 잡히지 않는 게 007의 매력일까요?"

"그래, 맞아."

"당신을 처음 보았을 때 눈빛이 익숙하다고 느꼈어요. 그냥 그런 느낌이 들었죠. 이 밤이 길다면 우린 참 많은 이야기를 나눌 수 있을 것 같다는 생각이 드네요."

문득, 팔짱을 끼고 걷는 우리가 다정한 부녀 같다는 생각이 들었습니다. 나는 살로메의 가죽장갑 한 짝을 벗기고 그의 손을 잡았지요. 그의 손은 내 손만큼 차갑더군요. 나는 그 차가운 손이 마음에 들었습니다. 따뜻한 척 가장하지 않는 솔직한 손이었어요.

"하이드도 당신의 정체를 알아요?"

"아니야, 그는 살로메만을 알지."

"다행이로군요. 그런데 M, 약한 모습으로 병실에 누워 죽음을 기다리는 건 당신에게 어울리지 않아요."

"나도 그렇게 생각해. 그보단 조금 나은 죽음이 있겠지."

"그런데 남태평양의 007은 이번에도 하이드의 손에서 벗어날까요?"

"그렇지 않을까? 그는 007이니까."

"그렇겠죠. 그는 본드, 제임스 본드, 007이니까요."

창 밖으로는 빨간 지붕을 얹은 집들이 언덕 위에 펼쳐져 있습니다. 나는 봄볕을 쪼이는 3월의 토끼처럼 나무 창틀에 걸터앉아 초록빛 언덕을 바라보고 있어요. 아직 봄소식이 전해지지 않은 저 멀리 산봉우리는 희끗희끗한 흰 눈으로 덮여 있지요. 이곳은 알프스의 장미라고 불리는 인스부르크입니다.

나는 손바닥 안에 쥐고 있던 조그만 성냥갑에서 성냥 한 개를 꺼내 성냥갑 모서리에 그었습니다. 가까스로 태워올리는 가녀린 성냥 불빛을 바라보며 속으로 주문을 외웠지요. 성냥불은 언제나처럼 주문을 마저 외우기 전에 꺼져버리고 나는 그 자리에 그대로입니다. 기적은 쉽게 일어나지 않아요.

성냥 불빛을 바라보고 있으면 이곳이 아닌 다른 어느 곳에 가

있는 것 같은 기분이 든다고 M은 말했었지요. M은 이제 이곳에
없고, 그러므로 더이상 다른 곳을 꿈꾸지 않아도 될 것입니다.

M은 암세포가 몸 안 가득 퍼지기 전에 스스로 목숨을 끊었습니
다. 평생 독을 먹어서 결코 독살되지 않을 거라던 그는 별장에서
기르던 수사자의 입을 벌려 자신의 머리를 집어넣었다지요. 주인
의 머리를 삼킨 뒤 오른팔과 심장을 씹어먹은 수사자는 몸에 독이
퍼져서 다음날 아침 눈을 뜨지 못했다고 합니다. 그것이 M의 마
지막 복수였어요.

비탄에 빠진 007은 죽은 자의 입 속에 진주와 쌀을 넣어 성대한
장례를 치르고 싶어했으나 그럴 수 없었습니다. 사자 뱃속에서 삭
아버린 머리를 꺼낼 수는 없었으니까요.

"M이 당신을 몹시 사랑했었다는 것 알아요?"

M의 장례식장에서 나는 007에게 물었습니다.

"알고 있었어. 사랑은 늘 같은 방식으로 오는 것이 아니지만."

그래요. 사랑은 늘 다른 방식으로 오는 것이지요. 그러므로 007은
아직 세상의 사랑을 다 경험하지 못했고, 그의 생이 끝날 때까지
사랑을 원할 것입니다. M이 그랬던 것같이, 나는 한 발자국 물러
서서 그를 지켜보게 될까요?

사람들은 사랑하기 때문에 누군가에게 매여 있기도 하고, 증오
하기 때문에 매여 있기도 하지요. 종달새심장 005가 매여 있는 사
람은 적국의 스파이 대부 하이드랍니다. 005는 하이드의 조직에

침투하려고 바다를 건너 일 년째 두더지로 살고 있어요. 그는 오로지 하이드에게 복수하기 위해 스파이가 되었다네요.

005에게서 들은 그의 비밀은 다음과 같습니다. 아주 오래 전, 005의 어머니는 반찬값을 벌기 위해 하이드의 첩보원이 되었다고 하지요. 요구르트 배달을 하며 정보를 캐내던 005의 어머니는 유능한 첩보원이었고, 덕분에 그의 가족은 개를 열두 마리 키울 수 있는 집으로 이사를 갔답니다. 그러나 그의 어머니는 끝내 하이드에게 이용만 당하고 잠을 자다가 살해되었다지요. 그의 가족은 개 열두 마리를 이웃들에게 전부 나눠주고 등대로 이사를 갔고, 열다섯의 그는 모래주머니를 매단 다리로 바닷가를 달리면서 복수를 꿈꾸었다고 해요. 어둠 속에서도 몸을 지킬 수 있는 눈을 길러야 하므로 그는 두 눈을 조개껍데기로 가리고 맹렬히 달렸다지요. 그런 줄도 모르고, 한때 나는 그를 의심한 적이 있었습니다. 그가 복수하려는 사람이 007인 줄 오해하고요.

나는 창틀 위에서 일어나 커다란 나무옷장으로 다가갑니다. 나는 옷장 문을 열 때마다 그 안에 회오리바람이 집을 삼키는 다른 세상이 펼쳐질 것 같다는 꿈을 꾸지요. 옷장 문을 열자 007이 새근새근 잠을 자고 있어요. M이 죽은 뒤부터 불면증에 시달리는 그는 옷장 안에서 낮잠을 자는 버릇이 생겼다고 하네요. 커다란 나무옷장에 들어가 몸을 웅크리고 누우면 한없이 안온한 느낌이 든대요. 단꿈을 꾸면서 잠을 잘 수 있다고 하지요. 그는 지금 무슨 꿈을 꾸고 있는 걸까요. 007과 함께 작전에 들어갈 시간이 얼마 남지 않았다는 말을 해주어야 하는데 그의 자는 모습이 너무도 평온해 보여 나는 잠시 망설입니다.

007은 M과 내가 거리를 걸으며 이야기를 나눴던 밤에 대해 알지 못하지요. 그가 가장 존경하고 사랑했던, 아버지와 같았던 M이 바로 살로메였다는 사실을 알지 못하지요. M이 사라진 이상 사람들은 그의 어둠을 알지 못할 것입니다. 그가 보여주었던 빛만을 기억할 거예요. 이로써 내게는 007이 영원히 알지 못할 비밀이 생긴 셈입니다. 나에게 비밀이 존재하는 이상 그는 나를 완전히 이해하지 못하겠지요.

난 본드걸 미미, 013, 스파이야. 당신은 날 몰라.

나는 죽음처럼 곤히 자고 있는 007의 얼굴을 내려다보며 낮게 읊조립니다. ■

남근이여, 안녕

신형철(문학평론가)

신화는 있다

이언 플레밍의 소설 『카지노 로얄』이 출간된 것은 1953년이었다. 제임스 본드라는 스파이를 주인공으로 내세운 첩보소설이었다. 냉전의 시대였고 대중은 열광했다. 플레밍은 십여 년 동안 일년에 한 편 꼴로 007이야기를 써냈다. 소설의 인기에 힘입어 1962년 첫번째 영화 〈닥터 노Dr. No〉가 제작된다. 그 이후는 우리가 모두 알고 있는 대로다. 두 편의 외전(外傳)을 제외하고 정규 시리즈만 스무 편이 제작되었다(21편이 개봉을 앞두고 있다. 지겨워라*). 007은 대중의 영웅이 되었고 007-이야기(007-Saga)는 우리

---

* 이 글을 쓰는 도중에 이언 플레밍의 원작으로 되돌아간 21편 〈카지노 로얄〉이 개봉됐다. 21편에서는 그 동안의 클리셰들이 대폭 척결되었다는 풍문이다. 그러나 이

시대의 신화가 되었다. '007 클리셰'라 할 만한 것들이 생겨난 것은 당연하다. 신무기, 개성 넘치는 악당, 아름다운 본드걸, 변함없는 본드의 조력자들(상관 'M', 신무기 개발자 'Q', 그리고 M의 비서 '머니페니') 따위가 그것들이다. 이런 지경이 되면 이제는 새로운 것을 만들고 싶어도 만들 수가 없다. 대중이 원하는 것은 정확히 그 클리셰들이기 때문이다. 동일한 것들의 반복이 축제를 만든다. 축제처럼, 이삼 년에 한 번씩 본드가 돌아온다. 그 모습 그대로다. "누구신지?"라는 물음에 그가 "본드, 제임스 본드"라 답하면 왠지 유쾌하고, "뭘 드릴까요?"라는 물음에 "보드카 마티니, 젓지 말고 흔들어서"라 답하면 왠지 반갑다. 그는 변하지 않는다. 그래서 영웅이다.

변하지 않는 것은 본드의 캐릭터만이 아니다. 007이야기가 은연중 설파하는 이데올로기 역시 대규모로 확대 재생산된다. 007이야기는 찬미 3종 세트다. 애국주의, 자본주의, 남근주의를 찬미한다.

먼저 애국주의. 제임스 본드는 영국인이다. 플레밍의 소설들은 2차 대전 이후 옛 영광을 잃어버린 대영제국의 부활을 은연중 선동했다. 사회주의권과 제3세계라는 공동의 적에 맞서기 위해 더러 미국과 협력할 때도 있지만, 007이야기가 대체로 미국에 냉소적인 것은 그 때문이다(김성곤, 『문학과 영화』, 민음사, 1997).

글에서는 참고하지 않는다. 이 소설이 시리즈 최신작 개봉 이전에 탈고되었다는 점을 고려하여 이 해설도 같은 조건에서 쓴다.

그리고 자본주의. 007이야기는 자본주의의 판타지를 자기도취적으로 전시한다. 제임스 본드의 멋들어진 때깔, 본드걸들의 화려한 자태, 기기묘묘한 신무기들 등이 찬미하는 것은 자본의 낙원이다(유지나, 『유지나의 여성영화 산책』, 생각의나무, 2002).

마지막으로 남근주의. 007이야기가 찬미하는 낙원의 성별은 끝내 남자다. '여자-상품'은 '남자-자본'의 흐름에 따라 교환되고 소비되고 폐기된다. 제임스 본드에겐 능동적인 총(남근)이 있고 본드걸에겐 수동적인 몸이 있다. 007영화의 저 유명한 오프닝 타이틀에서 본드의 격발하는 총과 본드걸들의 흐느적거리는 몸은 남근주의를 찬미하기 위해 협력한다. 007이 선동하는 애국주의, 자본주의, 남근주의는 이렇게 너무 노골적이어서 차라리 귀엽다.

신화는 없다

오현종의 소설 『본드걸 미미양의 모험』이 겨냥하는 바는 지극히 명쾌하고 정당하다. 이 소설은 '블록버스터' 시리즈물 007이야기의 3대 이데올로기를 조롱하고 해체하는 '저예산독립' 소설이다. '블록버스터'와 '저예산독립'의 차이는 신화와 일상의 차이에 대응된다. 007이야기는 일종의 신화다. 로망스(Romance)라해도 좋고 사가(Saga)라 해도 좋다. "M은 왕이고 본드는 임무를 부여받은 기사다. 본드는 기사이고 악당은 용이다. 소녀와 악당은 미녀와 야수를 대변한다. 본드는 소녀에게 정신과 감각을 완전하게 되돌려준다. 그는 잠자는 미녀를 구해주는 왕자다."(움베르토 에코『대중의 영웅』, 새물결, 2005) 뇌가 없어도 즐길 수 있는 대다수 할리우드 블록버스터들이 그러하듯, 007이야기 역시 '일상'이라는 골치 아픈 우주를 과감히 삭제하고 마니교적인 선악 이분법의 세계 속을 노닌다. 오현종의 이 소설이 007이라는 신화를 조롱하기 위해 채택한 방법론을 (좀 거창하지만) '신화의 일상화'라 부를 수 있을 것이다. 신화를 일상화한다는 것은 무엇인가. 신화가 끝나는 지점에서 비로소 시작한다는 것이 그것이다. "걱정 마. 누구도 007을 당해낼 순 없어. 결말은 늘 해피엔딩이지."(8쪽) 용을 퇴치하고 미녀와 입 맞추면 그것으로 끝일 뿐 신화는 결말 '이후'에 대해서 말하지 않는다. 해피엔딩 이후에는 무엇이 오는가. 옹색한 일상이 온다. 이 소설이 007이야기의 상투적인 엔딩 지점에서 시작되는 것은 바로 그 때문이다. 따지고 보면 제임스 본드는 결국 "나라의 녹을 먹는 공무원"(12쪽)이고 본드걸 역시 일개 비정규직 아르바이트생에 불과하지 않은가, 그렇다면 그들 역시 해피엔딩 이후에는 도리 없이 일상으로 돌아가지 않겠는가, 라고 이 소설은 묻는다.

예컨대 "007은 딱딱한 마룻바닥에 앉아 막 시작한 축구경기를 시청했습니다"(10쪽)라는 문장이 스타트라인쯤 된다. 여기서부터 007이야기라는 신화는 일상의 공간으로 옮겨져 썰렁해진다.

제임스 본드가 마룻바닥에 앉는 순간부터 그는 전형적인 한국 남자다. 집에서는 소파에 드러누워 멍청하게 텔레비전만 보고, 대화보다는 섹스를 더 좋아하며, 섹스를 할 때조차 애무 따위는 생략해도 그만이라 생각하는 갈데없는 한국 아저씨다. 본드걸 미미는 어떤가. 하마터면 금발 미녀라고 착각할 뻔했다. 사실 그녀는 "입사시험에 마흔 번 떨어진 경력"(68쪽)이 있는 한국 아가씨였는데 말이다. 뉴질랜드에서 007을 만나 함께 죽을 고비를 넘기고 본드걸이 되긴 했지만, 서울로 돌아온 그녀는 언니와 형부가 운영하는 갈빗집에서 카운터를 봐주고 있는 청년 실업자에 불과하다. (육식마니아인 언니와 채식주의자 형부를 소개하는 몇몇 페이지들이 다소 뜬금없어 보일 수 있지만 이 역시 신화의 일상화라는 대의에 충실히 기여한다.) 소설의 초반부만을 본다면 이 소설은 신화를 걷어낸 자리에서 진행되는 007과 미미의 특별할 것 하나 없는 연애 이야기다. 007과 본드걸의 럭셔리하지만 공허한 모험이 아니라(그런 거라면 이미 지겹도록 보지 않았는가), 쩨쩨하지만 미워할 수 없는 한국산(産) 마초와 한심하지만 착한 순정파 처자의 이야기.

우린 모두 스파이

초반부의 재미가 신화와 일상의 낙차에서 발생하는 재미라면, 중반부 이후부터의 재미는 연애소설의 문법과 스파이소설의 문법을 적절하게 뒤섞는 데서 오는 재미다. 말하자면 이 소설은 스파이소설의 외양을 한 연애소설이고 연애소설의 성분이 가미된 스파이소설이다. 연애소설의 문법이란 무엇인가. 태초에 환상이 있다. '나는 그의 욕망을 안다, 나는 그가 원하는 바로 그녀다'가 그것이다. 그러나 환상은 깨어지라고 있는 것이다. 어느 날 타자는 통보해 온다. '넌 나를 몰라, 너는 내가 원하는 그 사람이 아니야.' 이제 환멸의 시간이다. 나는 그제야 나의 무지를 깨닫고 타자를 알고자 하는 욕구로 불타오른다. 우리의 그녀는 절치부심, 불철주야, 동분서주한다. 그리고 그 과정에서 타자가 아니라 오히려 나 자신을 알게 된다. 사랑에 실패한 것은 내가 타자를 몰랐기 때문이 아니라 오히려 나 자신을 몰랐기 때문이라는 것, 정말 문제는 지금 타자를 잃어버렸다는 데에 있는 것이 아니라 그 동안 내가 나 자신을 잃어버린 채 살아왔다는 것에 있음을 알게 되는 것이다. 이별은 이렇게 독이면서 약이다. 질 나쁜 연애소설은 연애에서 생긴 문제를 다른 연애(또다른 타자, 반복되는 환상)로 해결하지만, 괜찮은 연애소설은 연애에서 생긴 문제를 이렇게 자기 발견(또다른 나, 성숙한 환멸)의 형식으로 해결한다.

이 소설은 '태초의 환상, 환멸의 시간, 자기의 발견'의 패턴을 취하는 괜찮은 연애소설의 문법을 스파이소설의 형식으로 변주한다. 애초 미미는 이런 식이었다. "그를 다 이해할 수는 없지만 사랑할 수는 있어요. 사랑은 늘 이해보다 앞서는 것이죠." (19쪽)

왜 아니겠는가. 그러나 더 정확히 말하면 이해하지 못하기 때문에 사랑하게 되는 것이다. 타자에 대한 무지가 환상을 낳고 그 환상이 사랑을 산출한다. 타자에 대한 환상 속에서 나는 스스로를 그 환상극장의 여주인공으로 옹립한다. "한번 본드걸은 영원한 본드걸이 아니겠어요."(18쪽) 그녀는 007의 눈으로 스스로를 바라보고, '본드가 보시기에 좋았더라'의 자리에 스스로를 갖다놓는다. 이 두 겹의 환상이 모든 사랑의 처음이다. 그리고 환멸의 시간이 온다. 어느새 새로운 본드걸을 대동하고 등장한 007 왈, "난 본드, 제임스 본드, 스파이야. 당신은 날 몰라."(46쪽) 그럼 '나'는 대체 누구란 말인가? "본드걸은 원래 일회용이야. 한번 사랑받고 퇴출당하는 운명이라고."(46쪽) 격분한 미미는 007이라는 타자를 알기 위해서 스파이가 되기로 결심한다. 애초 목표는 본드에 대한 복수였다. 그러나 치열한 트레이닝과 목숨을 건 작전을 거치는 동안 그녀는 알게 모르게 점점 그녀 자신의 자기실현을 위해 움직이기 시작한다. 그리고 마침내 그녀의 담담한 일갈. "난 본드걸 미미, 013, 스파이야. 당신은 날 몰라."(208쪽) 비로소 그녀는 '본드의 걸'이길 그만두고 '그녀 자신'이 된다.

이로써 내게는 007이 영원히 알지 못할 비밀이 생긴 셈입니다. 나에게 비밀이 존재하는 이상 그는 나를 완전히 이해하지 못하겠지요.

난 본드걸 미미, 013, 스파이야. 당신은 날 몰라.

　나는 죽음처럼 곤히 자고 있는 007의 얼굴을 내려다보며 낮게 읊조립니다.(208쪽)

　이제 이 소설은 남자의 시선으로 자기 자신을 인지하던 한 여자가 어떻게 스스로 설 수 있게 되는지를 보여주는 여성 성장소설의 일종으로 읽힌다. "한번 본드걸은 영원한 본드걸"(18쪽)이라고 꿈꾸듯 말하던 미미가 "저는 007보다 훌륭한 스파이가 될 수 있는데, 왜 폐기처분되어야 하죠?"(57쪽)라고 질문하기 시작하고 더 나아가 "근데 왜 본드걸 말고 본드보이는 없죠?"(134쪽)라고 꼬집기까지 하더니만 급기야 "난 미미가 아니에요. 스파이 013이죠"(196쪽)라고 말하기에 이른다. 그러니 누가 그녀를 본드걸이라 부르는가. 이제는 제임스 본드가 미미보이다! 물론 이런 식의 성장담은 얼마간 관습적인 것으로 보일 수 있다. 만약 이 관습적인 이야기를 어깨에 힘준 채로 정색하고 써나갔다면 아마 지루해서 읽기 어려웠을 것이다. 그런데 이 소설은 관습적이기 쉬운 이야기를 그보다 더 관습적이라고 해야 할 '본드와 본드걸'이라는 틀에 붓고는 대놓고 농담처럼 써나가고 있으니 허를 찌르고 있는 셈이다. 게다가 작가의 운필은 나비의 날갯짓처럼 가볍다. 이봐요, 긴장 풀고 읽어요. 그렇게 진지한 표정이라니, 촌스럽게시리. 이런 식이다. 그래서 독자는 연애소설과 스파이소설의 세계를 오

가면서 부담 없이 즐길 수 있다. 이 소설이 드문드문 소개하고 있
는 스파이 활동 관련 매뉴얼은 그대로 연애의 기술로 사용될 수
있으니 그것 또한 참고할 일이다. "사랑도 일종의 게임이고 전쟁"
(46쪽)이라고 했던가. 사랑이라는 전쟁터에서 우리는 모두 스파
이다.

남근이여, 안녕

여기까지 이야기하고 끝내면 서운하다. 매력적인 후반부가 남
아 있다. 앞에서 007서사의 3대 이데올로기 운운했거니와, 그중
에서도 이 소설이 특히 힘주어 비틀고자 하는 것이 007서사의 남
근주의라는 사실을 빼놓지 말아야 한다. 남근(phallus)이란 무엇
인가. 단순하게 말하면 권력의 상징이다. 가부장적 시스템 안에서
작동하는, 가부장의 권력이 응축되어 있는, 그래서 누구나 갖고
싶어하는 '그것'의 상징이다. '남근주의'란 남근에 부여되어 있
는 이 상징적 가치를 임의적인 것이 아니라 보편적인 것으로 합리
화하고자 하는 이데올로기다. 이 이데올로기를 내장하는 남근주
의 서사의 핵심은 남근의 '기만적' 자기 확인('남근은 남근이다')
이다. 이 자기 확인의 과정에서 여성은 필수불가결하다. 남근은
본래 실체 없는 헛것, 일종의 기표(signifiant)에 불과하기 때문이
다. 남근이 '반성적' 자기 확인('남근은 꼬추다')에 도달하면 그

것의 결핍이 폭로되고 가부장적 시스템의 근저에서 지진이 발생하기 때문이다. 본래 결핍인 것들은 타자에 의존해야만 기만적인 자기 확인에 도달할 수 있다. 그래서 여성이라는 타자를 '제물'로 삼거나 '장식물'로 걸치려 한다. 자신을 위기에 빠뜨리는 여성을 제물로 희생시키면서 남근은 스스로를 재확인하고, 남근을 추앙하는 여성을 장식물로 제 휘하에 거느리면서 딱한 나르시시즘을 충족한다. 요컨대 가장 단순하고 저열한 남근주의 서사에서 여성의 위치는 제물이거나 장식물이거나 둘 중 하나다.

제물로서의 여성과 장식물로서의 여성은 각각 따로 등장할 때도 있고 함께 등장할 때도 있다. 느와르풍 서사에서 매력적인 요부는 치명적인 매력으로 남성을 유혹하는데, 그 유혹이 남근의 자기 파멸을 유도하는 지경에까지 이를 때 요부는 처단된다. 제물로서의 여성이다. 한편 영웅모험담풍의 서사가 요구하는 것은 공주형 캐릭터인데, 순결한 매력의 공주는 시종일관 남성 영웅의 지극한 보호를 받으며 그 자체 숭고한 가치인 양 묘사되지만 실은 역설적이게도 남근의 숭고함을 보조하는 수단으로 이용되고 만다. 장식물로서의 여성이다. 이 두 여성 유형이 함께 등장하면 그 둘이 각각 요부와 공주가 되어 남근을 사이에 두고 상호 적대적으로 경쟁하게 된다. 이런 서사는 대체로 '여자의 적은 여자'라는 유구한 이데올로기를 재생산하는 최악의 효과를 낳는다. 우리는 007 서사가 남근주의에 효과적으로 호소하고 있다는 사실을 알고 있다. 본드걸은 제물로 혹은 장식물로 소비되고, 때로는 동시에 등장하여 서로 싸운다. 남근주의를 전복한다는 것은 이를테면 이런 식의 구도를 깬다는 것이다. 두 가지 방식이 있다. '여자 대 여자'라는 구도를 전복하고 자매애를 도입하여 여성성을 재규정하는 방식, 그리고 남근의 허구성을 폭로하고 가면을 벗겨 남성성을 전복하는 방식. 이 두 가지 방식이 이 소설의 후반부를 끌고 간다.

어쩌면 두 여자 이야기

먼저 여성성의 재규정. '여자 대 여자'라는 구도를 전복한다는 것은 007시리즈의 클리셰 중 하나인 '착한 본드걸'과 '나쁜 본드걸'의 대립구도를 해체한다는 것이다. 이 소설에서는 '미미'와 '플라워'가 각각 착한 본드걸과 나쁜 본드걸의 역할을 맡는다. 처음에는 007시리즈의 관습을 따라가는 것처럼 보인다. 스파이 훈련과정을 무사히 마친 미미는 드디어 '백색공포망명작전'(161쪽)에 투입된다. 작전은 실패한다. 백색공포는 살해되고 그의 내연녀인 플라워만이 구출된다. 플라워와 007 사이에 미묘한 애정전선이 형성되고 미미는 "사랑에 빠진 두 악마들"(166쪽) 때문에 심기가 불편해진다. 두 사람은 마치 경쟁관계로 돌입하고 있는 것처럼 보인다. 그러나 플라워가 적들의 스파이임이 밝혀지고 나쁜 본드걸로서의 정체를 완전히 드러낼 무렵 이 소설은 007서사의 관습을 비틀어 엉뚱한 방향으로 나아가기 시작한다. 플라워는 체포되지만 입을 열지 않는다. 그녀 역시 신산한 과정을 거쳐 오늘에 이르렀던 탓이다. 007서사의 정석대로라면 '여자의 적은 여자'임을 재확인하면서 이 갈등관계를 남자인 본드가 멋지게 해결해야 한다. 그러나 이 소설에서 본드는 무기력할 따름이고 플라워의 입을 열게 만드는 것은 오히려 미미다. 게다가 그 해결은 지극히 비(非)남근적인 방식으로 이루어진다. 미미가 시도하는 것은 그저 대화일 뿐이다. 미미는 자신에게서 플라워를 보고 플라워에게서 자신을 본다.

나는 머릿속으로 멍하니 내가 걸어온 길을 되돌아보았고, 내가 운명을 개척하고 있다고 여겼지만 실제로는 그게 아닌 것 같다는 생각에 사로잡혔지요. 나는 길을 따라 달려가고 있으나 그 길을 놓고 있는 자는 내가 아닌 다른 누구인 것 같은 느낌이었어요. 누군가가 놓은 길을 따라 다리를 절며 달리고 있는 기분이었어요. 그 막연한 느낌을 대체 뭐라고 설명하면 좋을까요? 나는 검은 방에 앉아 있는 미스 플라워에게서 내 얼굴을 보았고, 그녀가 나의 잃어버린 쌍둥이, 혹은 나의 짝패 같다는 생각이 들었어요.(186쪽)

따지고 보면 미미와 플라워는 닮은 데가 많다. "007을 만나서 본드걸이 되고, 그 다음 나비더듬이가 되고, 또 오란실이 되었다가 플라워 앞에 앉아 있는 스파이 013이"(187쪽) 된 미미의 삶과 "이름과 국적이 바뀔 때마다 매번 머리칼 색깔과 구두 굽 높이를 바꾸었고, 계속 염색을 하다보니 본래 자신의 머리카락이 무슨 색이었는지 잊어버리게"(188쪽) 된 플라워의 삶은 모두 남성적 시스템이라는 타자의 시선 속에서 자기를 상실했다가 비로소 고통스럽게 자기를 되찾아가고 있는 여성들의 삶 일반을 표상하고 있지 않은가. "나는 그에게 인정받고 싶어서 기꺼이 스파이가 되었어요"(189쪽)가 그들의 공통된 출발이라면 지금 그들은 "나는 나를 이해하기 위해서 내 이야기를 들려주었고, 그것과 같은 이유로 당신의 이야기를 듣고 싶어요"(188쪽)라고 말할 수 있는 지점에 함께 도착해 있는 셈이다. 이 두 여자가 한국어와 영어라는 이방의 언어로 힘겹게 대화를 나누고 있다는 점을 주목할 일이다. "어차피 소통이란 불완전한 것"(187쪽)이라는 사실을 모르지 않지만, 그것은 우리에게 주어져 있는 거의 유일한 가능성이다. 게다가 "이야기를 다 듣기에 우리들의 시간이란 늘 부족"(187쪽)한 것이지만, 우리는 우리에게 주어진 시간을 최대한 활용할 밖엔 없는 것이다. 이렇게 두 여자의 방식은 모든 것을 총으로 해결하는 007의 방식과 사뭇 다르다. '나쁜 본드걸'도 없고 '착한 본드걸'도 없다. 여자들이 있을 뿐이고, 자매애가 있을 뿐이다.

어쩌면 두 남자 이야기

다음으로 남성성의 전복. 플라워로부터 중요한 정보를 빼낸 미미가 조직 내부의 배신자를 본격적으로 추적하면서 이야기는 결말을 향해 간다. 도대체 배신자는 누구인가? 이 대목에서 이 소설은 의외의 강수를 둔다. 감히 M을 배신자로 설정하고 있으니 말이다. M과 007의 관계는 실로 007서사의 중추라고 해야 한다. 이십여 편의 영화가 만들어지는 동안, 수많은 악당들이 폼나게 나타났다 허망하게 사라졌고 수많은 본드걸들이 제 육체를 전시하고 매력을 탕진한 다음 허망하게 버려졌지만, M과 007의 관계만큼은 흔들림이 없었다. 이 둘의 관계는 부자관계의 한 변용이기 때문이다. 아비와 아들은 본래 애증의 관계이지만 국가주의, 자본주의, 남근주의가 위협받는 결정적인 순간에는 동맹을 맺는다. 타자의 침입 앞에서 그 둘은 늘 동일자다. 이것은 가부장적 시스템의 배수진이다. 아비는 더러 아들을 위험에 빠뜨리지만 그것은 결국 가부장의 지위를 떠맡을 수 있는 강한 아들을 길러내기 위함일 때가 많고, 아들은 때로 아비에 저항하지만 그것은 저 자신 또다른 아비/가부장이 되기 위한 통과의례가 되곤 하는 것이다. 부자의 애증이 더러 불장난에 그치고 마는 것은 그들이 아비와 아들이기 이전에 우선 남자이기 때문이다. 남자와 남자는 애증의 경쟁관계일 수 있지만, 여자와의 경쟁 앞에서 그들은 기꺼이 한 편이 된다.

만국의 남자들이여, 단결하라. 이 소설은 이 대목에서 007서사의 금기 중 하나를 비튼다. M(아비)이 007(자식)을 죽이려 했다니.

"그래, 나는 아주 오랫동안 007을 지켜봤어. 그는 아주 젊었고, 재능이 있었고, 매력이 넘쳤어. 그를 사랑하기에 아끼기도 했지만, 그래서 더 위험한 임무를 떠맡기기도 했지. 이제 그를 계속 지켜볼 수 없어. 더이상은 그러고 싶지도 않고, 그럴 수도 없어. 내 앞에 이렇게 끝이 와 있으니까. 나는 모든 것을 내 눈앞에서 끝내고 싶었어."(203쪽)

M이 007을 죽이려고 했다는 사실도 놀랍지만 그 이유는 더 놀랍다. 그는 007을 사랑했던 것이다. 아비가 자식을 사랑하듯 사랑하였지만, 그 이상이기도 했다. 이미 작가는 소설의 초반부에 "M과 007이 내연의 관계라는 소문" "두 사람이 양성애자라는 소문" "M이 007의 친아버지라는 소문" 등을 누설해주었던 터다. M이 그토록 쉽게 미미를 받아들였던 것도 미미를 이용해 007을 죽이려는 계산 때문이었던 것으로 밝혀진다. 돌이켜보면 초반부에서 미미가 M을 처음 대면할 당시 그에게서 "한순간에 무너질 수 있는, 혹은 스스로 무너지고 싶어하는 빈틈 같은 것"(55쪽)을 읽어낸 것은 정확한 관찰이었다. 아울러 "007과 나의 관계를 알면서도 우리에게 같은 임무를 맡긴 M을 나는 이해할 수 없었습니다"(137~

138쪽)라고 의혹을 품었던 것도 이제 와서는 이해가 되는 것이다. M의 사랑, M의 불안, M의 결핍이 그의 "솔직한 손"(204쪽)처럼 드러나고, 또 그 손을 미미가 잡아주는 이 장면에서 우리는 미미의 여성성이 갖는 힘을 소박하게나마 느낀다. 아울러 M이 죽은 뒤 불면증에 걸려 옷장 안에서야 잠을 잘 수 있게 된 007을 미미가 물끄러미 바라보는 장면에서는, 007의 인간적 결함마저도 그의 근원적 결핍—"그는 유독 '아버지'라는 말에 약하지요"(183쪽)—의 산물로 이해하고 감싸안는 미미의 모성성까지를 얼핏 엿보게 된다. M과 007이 애증의 폐쇄회로를 형성하고 있었다면, 그 남근적 질서의 위장된 완강함 속으로 미미가 끼어든 것이다. 그리하여 M에게는 딸이 되고 007에게는 어머니가 되어, 남근(적 질서)의 불완전성과 불안정성을 폭로하는 동시에 포용하고 있는 셈이다. 그러고 보면 플라워와 M은 공교롭게도 둘 다 자살로 생을 마감한다. 플라워는 사랑하는 이를 죽이면서까지 하이드에게 헌신했지만 결국 하이드에게서 버림받는다. 실상 그 순간 플라워는 이미 제 모든 존재의 근거를 한순간에 잃어버렸고, 그때 이미 상징적으로 죽은 것이나 마찬가지였다. 그러니 미미가 또다른 플라워가 되어 플라워의 마지막 말을 들어준 것이라고 해야 할 것이다. 한편 M은 암에 걸려 이미 죽어가고 있었거니와, 그는 "침묵 속에서 인고의 세월을 견디느니 차라리 사자의 입 속에 머리를 집어넣어 내 운을 시험"(86쪽)하겠다던 미미의 소신을 대신 실현하기라도 하듯 "별장에서 기르던 수사자의 입을 벌려 자신의 머리를 집어넣"(206쪽)는다. 그가 미미에게 모든 비밀을 털어놓은 그 순간 그 역시 상징적으로 죽은 것으로 보아야 한다. 그의 자살은 저 상징적 죽음의 형식적 마무리라 해도 좋겠다. 말하자면 플라워는 죽기 전에 미미와 하나가 되었고 M은 죽으면서 미미와 하나가 된 것이다. 이것은 일차적으로는 사건의 해결이지만 이차적으로는 생의 구원이다. 미미를 통해 혹은 미미를 거쳐, 그들은 비로소 죽을 수 있었다. 그토록 바라던 스파이가 되어 총과 살인면허를 얻었지만, 결국 그녀는 총과 살인이 아니라 진심 어린 대화(사랑)로 이 모든 분란을 해결한 것이다. 이는 남성들의 총(남근주의)을 부드럽게 조롱하는 뼈 있는 아이러니다. 미미는 큰일을 했다. 이제 모험은 끝났다. 물론 한 모험의 끝은 또다른 모험의 시작이다.

달려라, 미미

어떤 소설은 마치 '콜럼버스의 달걀'과도 같아서 그 소설이 나오고 난 뒤에야 "아니 여태까지 이런 소설이 없었단 말이야?"라는 반응을 낳는다. 이를테면 이 소설이 그렇다. 거기서 거기인 영화를 스무 편이나 봐오는 동안 우리는 본드걸들의 후일담을 궁금해 해본 적이 없었던 것이다. 그 많던 본드걸들은 모두 어디로 갔는가? 여기 본드걸 미미가 돌아왔다. 본드걸이라는 비정규직과

작별을 고하고 정규직 스파이 '013'이 되어서 돌아온 것이다. 물론 아쉬움이 없지는 않다. 이 작가가 007서사의 3대 이데올로기와 더 드세게 맞장을 떴더라면 어땠을까 싶은 것이다. 이것은 너무 착한 소설, '전연령대관람가' 소설이 아닌가 말이다. 그럴 만도 한 것이, 사실 우리는 007서사의 이데올로기에 어지간히 이골이 나서 '알면서도 속아주는' 경지에 도달한 지 오래가 아닌가. 그래서 외려 정색하고 덤볐다가는 이쪽이 민망해질 수도 있었겠다. 그래서 미미의 활약이 (제목 그대로 '모험'이라기보다는) '모험'과 '소동'의 중간쯤으로 조율된 것이겠다. 그래도 기왕 붙을 것이라면 옆굴리기 '절반' 말고 엎어치기 '한판'이었으면 더 통쾌했을 뻔했다. 달걀 세우는 법을 보여줬으니 이제는 바위 치는 법을 보여줄 차례다. 스파이 013의 활약은 이제부터다. 영화만 속편이 있으란 법 있는가. 여성주의가 꼭 가족서사나 연애서사로만 가능한 것은 아니잖은가. 소설로 쓰는 미미의 모험도 업그레이드되면 좋겠다. 국가주의와 자본주의와 남근주의를 발랄하게 들쑤시는 이야기(말은 쉽다), 그러니까 더 본격적인 '여성주의 스파이 소설' 말이다. 그러니 미미는 계속 분발해주시고, 우리는 미미의 앞날을 위해 마티니나 한잔! 아, "젓지 말고 흔들어서."(15쪽)

모나미 볼펜에 대한 단상들

1

나는 친구가 별로 없다. 친한 친구를 꼽으라고 하면 한 손가락으로 족할 정도이다.

기억으론 어린 시절에도 별반 다르지 않았던 것 같다. 꼬마인 나는 갱지 위에 모나미 볼펜으로 사람들의 모습을 그리며 혼자 놀기를 즐겼다. 종이 위에 그려진 얼굴들에 나는 각기 이름을 정해주고 목소리를 부여했다. 그들 가운데에는 착한 사람도 있었고, 나쁜 사람도 있었다. 집을 잃어버린 고아도 있었고, 애꾸눈 해적도 있었다. '나'도 있었다. 어쨌든 그들은 움직이기 시작했고, 그들에게서 조잘조잘 이야기가 흘러나왔다. 잠이 들 시각이 가까워오면 마지막에 그들은 너도 그렇게 미운 아이만은 아니야, 라고 말해주고 사라졌다.

나는 볼펜 한 자루를 들고 매일매일 다른 얼굴들과 다른 이야기를 만들어내는 일이 재미있었다. 등장인물은 한 명씩 늘어가고 이야기는 보다 길어졌다.

이야기는 아직 끝나지 않았다.

2

나의 검정색 피아노를 처음 만난 건 여섯 살의 봄이었다.

악보를 들고 우리집으로 찾아온 첫번째 피아노 교사는 내가 피아노 건반을 잘못 누를 때마다 모나미 볼펜대로 손가락을 딱딱 두드리곤 했다. 그때 나는 너무 어렸기 때문에 집안에 굴러다니는 모나미 볼펜을 모두 감추어버릴 생각은 하지 못하고 배가 아프다는 거짓말만 했다. 때론 정말 배가 아프기도 했다. 세상은 흰색과 검정색으로만 존재하고 있었다.

두번째 피아노 교사는 스프링 달린 수첩에 모나미 볼펜으로 체르니, 바흐, 베토벤 등등을 적고 그 옆에 꽃모양을 열 개씩 그려주었다. 나도 다른 아이들처럼 악보를 열 번씩 연습하고 꽃을 다 칠하고 싶었지만 한 번도 색칠을 다 하지 못했다. 나로서는 불가능한 일이었다.

피아노 교사는 간절한 표정으로 나에게 물었다.

"너는 학교 공부도 못하니? 피아노만 이렇게 못 치는 거니? 응?"

나는 굴하지 않고 팔 년 동안 쉬지 않고 피아노를 쳤으나 늘 틀린 건반을 눌렀기에 한 번도 콩쿠르에 나가지 못했다. 음악시간에 피아노 반주를 한 적도, 결혼식장에서 결혼행진곡을 쳐준 일도 없다. 중학교에 입학한 후로는 검정색 피아노의 뚜껑을 열지 않았다.

나에게 예술적 재능 같은 건 눈곱만큼도 없다고 믿던 시절이 있었다. 대학입학 원서를 쓸 때 문학을 전공하고 싶었지만 나에겐 어울리지 않는 일이라 확신했기에 사회과학도가 되었다. 대학시절 내내 나는 일부러 책을 읽지 않는 학생이었다.

3

나는 지금 모나미 볼펜 한 자루를 들고 책상 앞에 앉아 어떻게, 어느 사이에 세번째 책의 작가후기를 쓰게 되었는지 곰곰이 생각하고 있는 중이다.

재능이 없는 자도 기쁨을 얻을 수 있다는 것을 스스로 증명해보고 싶었다면 무모한 이야기가 될까? 나는 내가 소설을 써도 좋을 사람인지 아닌지 어제까지 고민해왔지만 이제는 그러고 싶지 않다. 이 책이 나에게 이 길의 끝에 무엇이 있든 깊이 후회하지 않으리라는 용기를 주었으면 좋겠다. 부디 이미 쓴 이야기보다 앞으로 내게서 흘러나올 이야기가 더 풍성하기를.

내 生에 더없이 소중할 책을 만들어준 문학동네 식구들에게 감사의 마음을 전한다. 누군가로부터 신뢰받는다는 것만큼 가슴 뿌듯한 일도 없으리라. 더불어 이 이야기에 귀기울여준 모든 이들에게도 진심으로 감사한다.

나는 여전히 피아노를 잘 못 치고 게다가 음치이기에 목소리를 잃어버린 세이렌처럼 노래 대신 이야기를 들려줄 수밖에 없다. 그것이 당신에게 아무것도 아닌 사소한 경험일지라도 내겐 언제나 기적과 같은 일일 것이다.

2007년 2월
오현종

문학동네 장편소설

본드걸 미미양의 모험

ⓒ 오현종 2007

초판인쇄	2007년 2월 16일
초판발행	2007년 2월 23일

지 은 이	오현종
펴 낸 이	강병선
책임편집	조연주 김송은
펴 낸 곳	(주)문학동네
출판등록	1993년 10월 22일 제406-2003-000045호

주 소	413-756 경기도 파주시 교하읍 문발리 파주출판도시 513-8
전자우편	editor@munhak.com
전화번호	031) 955-8888
팩 스	031) 955-8855

ISBN 978-89-546-0277-8 03810

www.munhak.com